Niklas Sauerbrey
LEIWAND
Erzählungen

Leiwand
Wortart: Adjektiv
Gebrauch: ostösterreichisch, vielfach auch in Wien
Bedeutung: großartig, hervorragend, sehr gut, gefallend

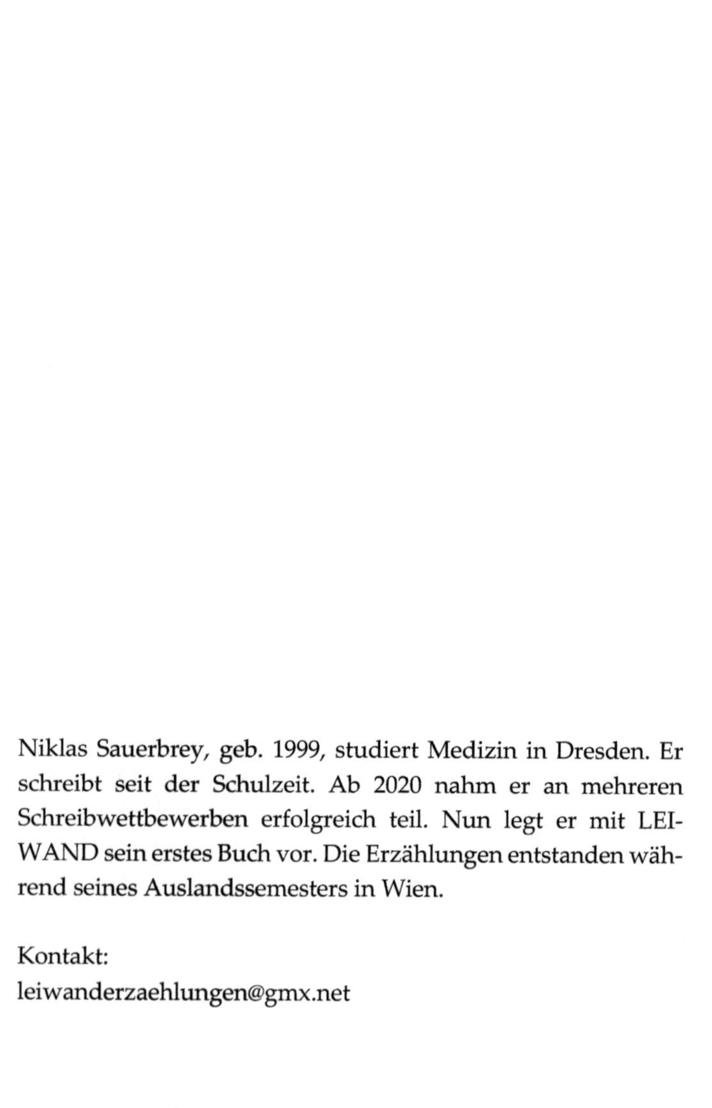

Niklas Sauerbrey, geb. 1999, studiert Medizin in Dresden. Er schreibt seit der Schulzeit. Ab 2020 nahm er an mehreren Schreibwettbewerben erfolgreich teil. Nun legt er mit LEI-WAND sein erstes Buch vor. Die Erzählungen entstanden während seines Auslandssemesters in Wien.

Kontakt:
leiwanderzaehlungen@gmx.net

Niklas Sauerbrey

LEIWAND

Erzählungen

Bibliografische Information der Deutschen Nationalbibliothek:
Die Deutsche Nationalbibliothek verzeichnet diese
Publikation in der Deutschen Nationalbibliografie;
detaillierte bibliografische Daten sind im Internet
über http://dnb.dnb.de abrufbar.

Herstellung und Verlag: BoD – Books on Demand, Nor-
derstedt

ISBN: 978-3-7597-3548-5

Inhaltsverzeichnis

„Wien, nur Wien du kennst mich up, kennst mich down.“

Falco

„Ich verstand nichts. Sehr fern verstand ich doch etwas, aber es war
noch zu weit weg.“

Judith Herrmann

1

Der Junge streckt seinen kleinen Finger so weit wie möglich. Er schafft es nicht bis zur G-Taste, sondern landet auf dem Fis. Der Akkord, den er spielt, klingt schief und hässlich. Er atmet durch und spielt das Klavierstück von vorne. Die ersten vier Takte fließen aus seinen Händen. Mit der Linken spielt er das Decrescendo, mit der Rechten hält er die Fermate bis zum Ende. Im neunten Takt wartet der Oktavensprung. Er hebt die linke Hand von den Tasten. Sie schwebt hinab zu den tiefen Tönen. Der Junge kneift die Augen zusammen. Ein Kribbeln fährt durch seinen Bauch. Jetzt kann alles passieren. Es ist die schwierigste Stelle des Liedes. Er hat sie sehr oft wiederholt, aber es will nicht gelingen. Er wartet auf diesen einen magischen Moment, an dem es zum ersten Mal funktioniert.

Ja! Diesmal ist es so weit! Der kleine Finger landet auf der G-Taste. Die linke Hand spielt den tiefen Akkord. Damit klingt die Melodie der rechten Hand noch schöner. Menuett von Leopold Mozart heißt das Stück, welches der Junge so lange spielt, bis es draußen dunkel ist. Der Oktavensprung gelingt ihm nun jedes Mal. Auch für den Anschlag der Tasten bekommt er ein Gefühl. Die Lehrerin sagt, es müsse weich und selbstverständlich klingen.

„Es gibt Abendessen", ruft die Mutter aus der Küche.

Einmal kann sie noch rufen, denkt der Junge und spielt das Menuett erneut. Jetzt schließt er die Augen und hört seinen

Händen zu. Er sitzt in seinem kleinen, weißen Zimmer und füllt es mit Musik. Hinter dem Fenster streckt sich die Dunkelheit schon über das Feld. In der Ferne strahlen die Scheinwerfer eines Autos. Nun spielen seine Hände das Menuett wie von selbst. Er hat die Augen geschlossen, lauscht der Musik und erinnert sich an den Sommer. Er denkt an den bauchnabelhohen Weizen, draußen auf dem Feld. Er denkt an die warmen, leichten Tage. Sie schmecken nach Chlorwasser und Eistee, und leider nicht nach dem Lippenstift des schönen Mädchens aus der anderen Klasse. Er denkt an den Fußball, welchen ihm der Onkel zum Geburtstag schenkte. Es war genau der Ball, mit dem die Nationalmannschaft bei der WM ihre Tore schoss. Er denkt an die vielen Stunden, welche er auf dem Hof damit spielte. Manchmal, wenn der Vater nicht da war, schlich er sich in den Garten. Denn echte Profis spielen auf Rasen -

er schlägt die Augen auf, hebt die linke Hand für den Oktavensprung. Wieder gelingt es! Er spielt das Menuett perfekt zu Ende. Der Junge weiß, dass die Mutter gleich ein zweites Mal zum Abendessen rufen wird. Er erhebt sich vom Klavier, geht zu dem Fenster und sieht in die Dunkelheit. Er denkt an seinen Fußball - wie Schweinsteiger wollte er damit schießen. Er bolzte so oft gegen die Wand, bis ihm der Schweiß von der Stirn tropfte. Im Garten auf der glatten Wiese machte es am meisten Spaß. Irgendwann passierte es. Der Ball erst an seinem Fuß, dann in gebogener Linie durch das Fenster des Gartenhauses. Dann das Klirren der Scheibe, die Scherben auf dem Rasen, darin das Spiegelbild der Sonne – dann der Vater heranstürmend mit zornverzerrtem Gesicht. Er holte den Ball aus dem Gartenhaus und schoss ihn im hohen Bogen in das Feld. Der Junge suchte stundenlang, während der Weizen ihm die Schienbeine zerkratzte. Er denkt zurück an den trockenen Mund, die Abendröte und die stummen Tränen in den Armen der Mutter. „Beruhige dich, beruhige dich", hatte sie gesagt, bis der Junge sie anschrie: „Er schickt mich in die Wüste." Die Mutter sagte nichts mehr. Der Junge schloss sich in seinem Zimmer ein. Er wusste nicht, wohin mit sich. Wohin mit all der Traurigkeit in dieser Welt. Ohne darüber nachzudenken, setzte er sich an das Klavier und spielte, bis ihm die Mutter das Abendessen vor die Tür stellte. Er spielte immer noch, als die Mutter in ihr Schlafzimmer ging und das Fenster öffnete. Der Nachtwind trug die Töne des Klaviers bis an ihr Ohr und hinaus auf das Weizenfeld, bis in die Wüste -

das ist Vergangenheit. Der Sommer ist längst vorüber, das Feld liegt schon lange brach. Der Junge hat den Ball nie wieder gefunden. Wenn er von der Schule kommt, spielt er meistens Klavier.

„Abendessen! Kommst du bitte!"

Die Mutter hat das zweite Mal gerufen.

Der Junge wendet sich vom Fenster ab und schlägt das Klavierbuch so zu, dass er die Seite des Menuetts gleich wiederfindet. Vielleicht muss er nach dem Abendbrot noch mal spielen. Das weiß er nie genau.

Auf dem Küchentisch stehen Leberwurst, Roggenbrot, Butter und ein Salat mit Paprika. Die Eltern sitzen sich schweigend gegenüber.

Der Junge setzt sich auf seinen Platz neben den Vater.

„Willst du Salat?", fragt ihn die Mutter und lächelt, als müsste sie für alle lächeln. Der Junge nickt.

„Du auch noch?"

Der Vater schüttelt den Kopf, beißt in sein Brot und sieht geradeaus.

„Es klang sehr schön, was du gespielt hast", sagt die Mutter und reicht dem Jungen eine kleine Schüssel. „Ist das ein neues Stück?"

„Ja", sagt er und nimmt sich eine Scheibe Brot.

Über dem Kühlschrank tickt die Uhr. Eigentlich will er nicht reden. Nicht mit ihr und erst recht nicht mit ihm. Aber die Mutter sieht ihn an, mit dieser blinden Hoffnung.

„Es ist ein Stück von Mozart", sagt der Junge.

„Oh, wirklich? Hast du gehört, ein Stück von Mozart spielt er", sagt sie und sieht den Vater an.

„Aber es ist nur von Leopold Mozart, nicht von Amadeus", ergänzt der Junge.

„Das ist doch super, mein Schatz. Bestimmt spielst du bald auch etwas von Wolfgang Amadeus Mozart."

„Hm", sagt der Junge, zuckt mit den Schultern und beißt in das Leberwurstbrot.

„Unser Sohn spielt ein Stück von Mozart", wiederholt die Mutter freudig. „Da sind wir sehr stolz", sagt sie und sieht den Vater an.

„Ja", sagt dieser. „Gibt es noch Lachs?"

„Ich weiß es nicht, aber ich kann nachschauen."

Die Mutter steht auf und geht zum Kühlschrank.

„Nein, leider nicht mehr."

Der Vater sagt nichts und schmiert sich das nächste Brot.

„Nächste Woche soll es schneien", sagt die Mutter, als sie wieder am Tisch sitzt.

„Ja", sagt der Vater. Im Winter arbeitet er auch am Wochenende. Wenn die Straßen glatt werden, gibt es mehr Unfälle, mehr Geld, wenn die Menschen ihre kaputten Autos in die Werkstatt bringen. Der Vater ist ihr Chef. Er zeigt den Arbeitern, was sie reparieren sollen. Vom Haus bis zur Werkstatt läuft er nur zehn Minuten. Der Junge hat sich nie für die Autos interessiert. Einmal hat der Vater ihn mitgenommen, ihm gezeigt, wie man einen Reifen wechselt oder die Hebebühne bedient. „Du hast zwei linke Hände", haben ihm die Arbeiter gesagt. Am liebsten hätte der Junge den ganzen Tag im Büro gesessen, Kakao getrunken und dem Vater zugesehen, wie er seinen Kunden die Hände schüttelt. Manchmal wünscht sich

der Junge, dass ihn die Autos interessieren. In den Ferien sieht
er den Vater, wenn dieser für seine Pausen ins Haus kommt.
Dann trinkt der Vater einen Milchkaffee, setzt sich in den Garten, raucht eine Zigarette und sieht auf das Feld hinaus. Der
Junge hat ihn aus seinem Zimmer beobachtet. Es ist seltsam,
den Vater so zu sehen. Er putzt sich jedes Mal die Zähne, bevor
er zurück in die Werkstatt geht -

die Familie sitzt noch beim Abendbrot.

„Es wird ein guter Winter", sagt der Vater.

Die Mutter nickt ihm zu.

„Willst du noch etwas Salat?", fragt sie den Jungen.

„Ich esse lieber noch einen Joghurt."

„In Ordnung", sagt die Mutter und lächelt. „Aber ich weiß
nicht, ob wir noch welchen haben."

Der Junge geht zum Kühlschrank. Im oberen Fach stehen
Butter, Käse und Milch. Er schiebt alles beiseite. Tatsächlich. In
der Ecke ist noch ein Becher Kirschjoghurt. Daneben liegt das
abgepackte Stück Lachs, welches der Vater wollte.

„Hast du ihn gefunden?", ruft die Mutter. Der Junge zögert,
dann nimmt er den Kirschjoghurt und den Lachs und geht zurück zum Tisch.

„Ja, habe ich. Der war auch noch da", sagt er und legt den
Lachs hin.

Die Mutter strahlt den Jungen an, als hätte er eine Eins in
Mathe bekommen.

Der Vater sieht auf den Lachs und mustert den Jungen. Sein
Blick bleibt bei seinen Füßen stehen. Der Junge sieht an sich
hinunter und versteht es. Die Hausschuhe. Er hat vergessen,
seine Hausschuhe anzuziehen, obwohl er nie verstanden hat,
warum das wichtig ist. Der Junge hat seine Freunde in der
Schule gefragt, ob sie Hausschuhe tragen müssen. Alle haben
nein gesagt. Die Mutter hat es ihm oft erklärt: Der Vater brauche genug Schlaf, wenn er so viel arbeite, die Schritte im Flur
würden ihn wecken. Deshalb soll der Junge seine Hausschuhe

immer tragen, immer und vor allem, wenn er am Abend ins Badezimmer geht. Anfangs hat der Junge oft vergessen, die Hausschuhe anzuziehen. Seit dem Abend vor drei Wochen nicht mehr -

„Danke", sagt der Vater, nimmt den Lachs und belegt sein Brot damit.

Der Junge setzt sich hin und löffelt den Kirschjoghurt. Er schlüpft in seine Hausschuhe, die unterm Tisch stehen. Am Tisch ist es still, bis das Abendbrot beendet wird.

„Ist alles in Ordnung?", fragt die Mutter, als sie das Geschirr abräumt.

„Ich bin müde. Ich gehe in mein Zimmer", antwortet der Junge.

„Na gut. Hast du die Schularbeiten fertig?"

„Ja."

„Super", sagt die Mutter und streicht ihm über den Kopf.

„Ich spiele noch ein bisschen Klavier."

„Ok, aber nicht zu lange." Die Mutter lächelt mild. Der Junge schlurft in seinen Hausschuhen aus der Küche.

„Gute Nacht", sagt der Vater.

Der Junge bleibt im Flur stehen und sagt:

„Gute Nacht." Er dreht sich nicht um. Die Traurigkeit des Vaters gibt es nur hinter seinem Rücken. Manchmal erzählt ihm die Mutter davon. Vor seinem Zimmer zieht der Junge die Hausschuhe aus und stellt sie neben den Eingang, um sie später nicht zu vergessen. Seit dem Abend vor drei Wochen macht er es immer so. An dem Abend vor drei Wochen hat er gelernt, dass ein Mensch sich in ein Tier verwandeln kann. Es kann gefährlich sein, einem Tier zu begegnen, wenn es dunkel ist. Das Brennen auf der Haut spürt man die ganze Nacht -

In seinem Zimmer setzt sich der Junge ans Klavier. Er spielt das Menuett von Leopold Mozart. Es soll selbstverständlich klingen.

2

In der nächsten Woche wird es sehr kalt. Der Schnee bedeckt das Feld hinter dem Haus. Die Mutter holt dem Jungen seine Winterjacke aus dem Keller, bevor er am Mittwoch mit dem Bus zur Schule fährt. Am Mittwoch ist sein Ranzen schwerer als sonst. Zwischen den Heftern für Deutsch und Mathe klemmt das Klavierbuch. Nach der sechsten Stunde läuft er mit seinen Freunden bis zur Haltestelle. Sie reden über Mädchen und Fußball. Der Junge wartet, bis sie in den Bus steigen, dann geht er an der Hauptstraße entlang zum Marktplatz. Den Weg zur Musikschule kennt er auswendig. Er friert an den Füßen. Die Mutter hatte gesagt, er solle die Stiefel anziehen. Der Junge wollte nicht auf sie hören. Jetzt saugt sich der matschige Schnee in die Adidas-Schuhe. Sie waren ein Geschenk des Vaters. Der Junge trägt sie gerne. Die Mutter hätte sie niemals gekauft. Dafür hat sie seine Hausschuhe bezahlt. Ohne die Mutter wäre alles viel schlimmer. Manchmal hat der Junge Angst, dass sie eines Tages einfach verschwindet. Wenn er am Mittwoch allein durch die Stadt läuft, denkt er über solche Dinge nach.

Von der Bäckerei ist es nicht mehr weit. Hinter dem Café Kolumbus führt die Gasse auf den Markt, dort stehen die Häuser dicht aufgereiht. Sie sind alt und schief, aber ihre Farben sind die schönsten der Stadt. Am Mittwoch ist der Marktplatz voller Stände. Sie verkaufen Fleisch, Käse und frisches Brot. In der Mitte steht das Denkmal eines berühmten Komponisten. Die Stadt hat die Kirche und ein Café nach ihm benannt, auch die Musikschule trägt seinen Namen. Der Mond ist schon aufgegangen, als der Junge die schwere Tür aufschiebt. In der Musikschule riecht es nach einer vergangenen Zeit. Der Junge denkt darüber nach, welche Menschen früher zwischen diesen Wänden lebten. Das Gebäude ist fast so alt wie das Rathaus. Auf allen drei Etagen liegt Parkett. Es knarzt bei jedem Schritt.

Die Klavierlehrerin wartet schon im Raum. Sie ist eine ältere Dame mit russischem Akzent und blondiertem Haar. Sie ist ruhig, verständnisvoll und hört dem Jungen zu, wenn er von der Schule oder vom Fußball erzählt. Nur wenn sie am Klavier spielt, ist es, als ob sie an einem anderen Ort wäre.

„Da bist du ja! Wie geht es dir?", fragt die Lehrerin, als der Junge seine Winterjacke auszieht. Im Klavierraum ist es warm. Langsam kommt das Gefühl in seine Zehen zurück.

Sie reden eine Weile miteinander. Zuerst muss der Junge die Tonleitern spielen. Dann ist es Zeit für das Menuett von Leopold Mozart.

„Sehr gut. Wirklich sehr gut", sagt die Lehrerin, als er fertig ist. „Du hast fleißig geübt, nicht wahr?"

„Ja", sagt der Junge.

„Willst du das Stück beim Vorspiel spielen?"

Der Junge nickt.

„Du wirst es großartig machen, da bin ich mir sicher", sagt die Lehrerin, während sie seinen Namen und den Namen des Liedes in ihr Notizbuch schreibt. Die Lehrerin hat ihm schon erklärt, wie das Vorspiel abläuft: Alle Schülerinnen und Schüler ziehen sich schick an, bringen ihre Familien mit, jeder spielt etwas vor. Der Junge fürchtet sich schon jetzt ein wenig.

„Zum Vorspiel spielen wir auf dem Flügel. Wir üben das Menuett noch mal darauf", sagt die Lehrerin. „Damit du weißt, wie er sich anfühlt."

Sie gehen gemeinsam über die Treppe in die dritte Etage. Der Junge war noch nie hier oben. Er steht in dem kleinen Vorraum, während die Lehrerin die große weiße Tür aufschließt.

„Hier wird es stattfinden", sagt sie.

Hinter der Tür ist ein kleiner Saal. Die Wände sind in zartem Blau gestrichen, vorne steht ein schwarzer Klavierflügel. Dahinter sind Stühle aufgestellt. Die Lehrerin läuft zum Flügel und klappt ihn auf.

„Er spielt sich anders als das Klavier unten", sagt sie und schlägt eine Taste an.

„Schau mal, wie du damit zurechtkommst."

Der Junge blickt durch den Saal. Er will nicht daran denken, wie viele Menschen dort sitzen werden, wenn er vorspielt. Er setzt sich an den Flügel. Es fühlt sich ganz anders an. Der Klang ist dunkler und voller, verzeiht weniger Fehler. Wenn man die Fermaten zu lange hält, klingt alles durcheinander. Auf ihm zu spielen, fühlt sich an, als könnte man mit den gleichen Worten plötzlich mehr sagen. Die Lehrerin hört aus der ersten Reihe zu. Der Junge spielt das Menuett zweimal. Beide Male unterläuft ihm ein Fehler. Der Oktavensprung und sein kleiner Finger, der es nicht bis zum G schafft. Die Lehrerin bemerkt es, sagt nichts und nickt dem Jungen zu, als er fertig ist. Sie gehen durch die große weiße Tür hinaus.

„Wenn etwas nicht funktioniert, spiel einfach weiter. Niemand wird es merken", sagt die Lehrerin, während sie den Saal abschließt. Als sie wieder im Übungsraum sind, ist der Unterricht vorbei. Der Junge zieht die Winterjacke an, setzt den Ranzen auf und verabschiedet sich.

„Das nächste Mal sehen wir uns also zum Vorspiel", sagt die Lehrerin. „Bevor du gehst, habe ich noch einen Tipp für dich."

Sie begleitet den Jungen zur Tür. Er sieht auf seine Schuhe. Sie sind nicht mehr nass.

„Wenn du das Menuett zu Hause spielst, dann spiel es wie im Vorspiel. Aber im Vorspiel musst du es spielen, als würdest du zu Hause üben. Verstehst du das?"

„Ja", sagt der Junge. „Ich denke schon."

„Gut", sagt die Lehrerin.

Der Junge geht zur Haltestelle. Der Bus kommt und bringt ihn aus der Stadt, durch die Felder, von Dorf zu Dorf, nachhause. Er denkt an das Vorspiel, an die Mutter, den Vater und die vielen fremden Leute, welche ihm zuhören werden. Er will es gut machen. Die Angst, einen falschen Ton zu spielen, ist groß. Er denkt an die Worte der Lehrerin. Sie war nie in der Wüste. Sie weiß nichts über Tiere. Aber vielleicht hat sie Recht. Vielleicht muss er es spielen wie zuhause.

3

In den nächsten Wochen übt er das Menuett jeden Tag. Am Freitagabend ist es so weit. Die Mutter kommt mit dem gebügelten Hemd in sein Zimmer.

„Wir müssen in zehn Minuten losfahren", sagt sie und eilt ins Badezimmer. Der Junge sitzt am Klavier. Er spielt das Menuett ein letztes Mal. In den vergangenen Wochen ging es stets fehlerfrei. Jetzt gelingt ihm der Oktavensprung nicht. Es muss egal sein. Der Stoff des gebügelten Hemdes ist noch warm. Der Vater sitzt im Auto und hupt, damit alle pünktlich kommen. Der Junge wirft sich die Jacke über und nimmt auf der Rückbank Platz. Im Auto riecht es nach den Zigaretten des Vaters und dem Parfüm der Mutter. Der Vater schiebt sich einen Kaugummi in den Mund und fährt los. Seit Wochen haben er und der Junge nicht miteinander geredet. Wenn der Junge mit der Mutter Abendbrot macht, arbeitet der Vater noch in der Werkstatt. Für das Vorspiel hat er sich freigenommen. Das Auto gleitet ins nächste Dorf. Die Eltern reden, im Radio laufen Charts. Der Junge legt den Kopf an die Scheibe. Er hat Angst, dass ihm der kleine Finger abrutscht und alles schief klingt.

„Hey", sagt die Mutter. Sie legt ihre Hand auf sein Knie.

Der Junge sieht sie ratlos an.

„Du schaffst das, wir glauben an dich."

Die Stadt kommt. Der Vater lenkt auf den Parkplatz der Musikschule ein. Noch nie standen hier so viele Autos. Der Vater stellt den Motor ab und sieht in den Rückspiegel.

„Wenn du es heute gut machst, gibt es eine Überraschung", sagt er.

Der Junge freut sich sofort. Wenn der Vater etwas schenkt, ist es meistens gut. Vor dem Eingang der Musikschule warten schon die Großeltern. Nach der Begrüßung gehen alle gemeinsam hinein. Auf den Treppen kommen ihnen viele schick gekleidete Leute entgegen. Die Familie geht in die dritte Etage. Der Junge hört die vielen Stimmen von oben. Die weiße Tür zum Saal ist noch geschlossen. Im Vorraum stehen die Leute dicht aneinander, trinken Wein und reden ihren Kindern gut zu. Der Junge sucht nach seiner Klavierlehrerin. Sie kommt herüber und schüttelt die Hände der Eltern und Großeltern. Sie trägt tiefroten Lippenstift und goldenen Schmuck. Bevor die Lehrerin weitergeht, sagt sie etwas zu dem Jungen. Er versteht es nicht. Sein Blick streift durch die fremden Menschen. Obwohl seine Familie neben ihm steht, fühlt er sich allein.

An dem Tisch in der Ecke entdeckt er eine Gruppe von Klavierschülern. Die meisten sehen älter aus als er. Sie kennen sich, wohnen bestimmt alle in der Stadt. Sie halten Notenblätter in den Händen. Der Junge kneift die Augen zusammen und versucht, etwas zu erkennen. Er sieht Achtelpausen, Legato, Sechzehntelnoten. Ihre Stücke sind kompliziert. Das Menuett, an dem er wochenlang geübt hat, ist ein Kinderspiel dagegen. Die Klavierschüler in der Gruppe sehen nicht nervös aus, im Gegenteil: sie lachen miteinander. Alle lachen, außer das Mädchen mit den langen, braunen Haaren. Der Junge weiß nicht, ob sie lacht, denn er sieht sie nur von hinten. Er stellt sich ihr Gesicht vor.

„Kommen sie gerne hinein", sagt die Lehrerin und schließt die große Tür auf. „Das Vorspiel beginnt in zehn Minuten."

Die Leute strömen in den Saal. In den ersten Reihen nehmen die Schüler Platz, dahinter ihre Familien. Bald ist der blaue Saal bis auf den letzten Sitz gefüllt. Dem Jungen pocht das Herz. Er sucht nach seiner Familie. Sie werfen ihm ermutigende Blicke zu. Ab jetzt ist er allein. Wenn er in der Schule einen Vortrag halten muss, ist er auch aufgeregt. Aber das hier ist etwas Neues. Auch die anderen Schüler sitzen stumm auf ihren Stühlen, die Blusen und Hemden hängen auf ihren starren Körpern. Nur die Gruppe von draußen, die Kinder aus der Stadt, sitzen in der ersten Reihe und lachen. Der Junge versucht, ihren Gesprächen zu lauschen. Er entdeckt das Mädchen mit den langen, braunen Haaren. Er sieht sie nur von hinten. Irgendwann dreht sie sich um. Der Junge sieht ihre blasse Haut und die dunklen Augen. Er ist erleichtert, als sich das Mädchen wieder umdreht. Er hätte ihren Blick nicht ausgehalten.

„Liebes Publikum! Vielen Dank, dass Sie heute gekommen sind."

Die Lehrerin schließt die Tür und eröffnet das Vorspiel. Der Junge will zuhören, aber seine Gedanken springen hin und her. Der Oktavensprung. Die dunklen Augen des Mädchens. Die angekündigte Überraschung des Vaters. Keinen Fehler machen. Bloß keinen Fehler machen.

Zuerst spielen die jüngsten Schüler. Ihre Stücke sind einfach. Wenn sie einen Fehler machen, kommt die Lehrerin an den Flügel und hilft ihnen. Am Ende klatscht das Publikum jedes Mal sehr laut, um sie aufzuheitern.

„Als nächstes hören wir …", sagt die Lehrerin, wieder und wieder.

Der Junge sitzt auf seinem Stuhl und wartet.

„Als nächstes hören wir …"

Er hört den Stücken nicht mehr zu. Der Junge möchte sitzen bleiben, wenn er aufgerufen wird.

„Als nächstes hören wir", sagt die Lehrerin und sieht durch den blauen Saal, „das Menuett von Leopold Mozart, gespielt von …"

Der Junge hört seinen Namen, als sage ihn jemand aus einer anderen Welt.

Er steht auf. Ihm ist sofort schwindelig. Auf dem Weg zum Flügel knarzt das Parkett unter seinen Füßen. Er stellt das Klavierbuch ab. Er schlägt das Menuett auf und das Papier zittert in seinen Händen. Alle sehen es und wissen, wie aufgeregt er ist. Der Junge legt seine Finger auf die Klaviertasten und will anfangen. Aber der Schweiß auf seinen Handflächen ist wie der Frost auf den Straßen. Es ist unmöglich, so zu spielen. Der Junge versucht sich zu beruhigen und schaut in den Saal. Er sieht in die erwartungsvollen Gesichter der Erwachsenen. Alle müssen sich fragen, warum er nicht anfängt. Die Lehrerin sitzt neben der weißen Tür. Sie sieht den Jungen an, als sei alles in Ordnung. Sie sieht ihn an, als wäre es Mittwochnachmittag, als säße er im Übungsraum, als verzeihe sie ihm jeden Fehler. Der Junge denkt an ihren Tipp aus der letzten Stunde. Spiel es so wie zuhause. Zu Hause. Was ist das schon. Es ist das Dorf, in dem er keine Freunde hat. Es ist der dunkle Wald. Es ist das Feld hinter seinem Fenster. Es ist die Stille während des Abendessens. Es ist der stumme Schrei, wenn das Tier kommt. Der Junge schließt die Augen und bringt die Hände in Stellung. Er denkt an den Sommerwind, an das Feld, den hohen Weizen und seinen verlorenen Fußball, an getrockneten Schweiß und frische Tränen, an die Worte der Mutter, an die Wüste. An die Sprache, die ihm leer wurde. An die Musik, die damals begann. Aber es funktioniert nicht. Er kann das Menuett nicht spielen. Seine Hände liegen wie Steine auf den Tasten. Zwei linke Hände. Wie es die Arbeiter in der Werkstatt gesagt haben. Der Vater wusste es schon immer: Es sind nicht seine Hände, die der Junge trägt. Es sind die Hände eines anderen Mannes. Über den anderen Mann wird nicht geredet. Sonst wird die Mutter wütend oder sehr traurig. Der andere Mann ist ein Geheimnis, das jeder weiß. Der Vater versucht, es zu vergessen. Der Junge auch. Wenn der Vater sieht, wie der Junge einen Schraubenzieher anfasst, sieht er die Hände des anderen Mannes. Wenn der Junge sieht, wie ihm die Hände des Vaters entgegenschweben, können es nicht die Hände seines Vaters sein.

Die Zuhörer im Saal werden unruhig. Die Lehrerin will den Jungen erlösen. Manchmal muss ein Vorspiel abgebrochen werden. Die Lehrerin kann nicht mit ansehen, wenn ihre Schüler an dem Flügel zerbrechen. Gerade als sie sich von ihrem Stuhl erhebt, klingt der erste Akkord durch den Raum. E-Moll. Das Publikum wird still. Der Junge sieht auf seine linke Hand. Sie wandert zum tiefen A, dann weiter zu H und zum hohen C. Die rechte Hand setzt ein und die Melodie des Menuetts erklingt. Alles beginnt zu fließen. Die Lehrerin setzt sich wieder hin und hat ein Lächeln auf dem Gesicht. Das Menuett ist ein schlichtes, einfaches Stück. Aus den Händen des Jungen klingt es nach Weite. Er trägt etwas in sich, das er für unsagbar hält. Die Lehrerin hört es. Der Junge spielt die letzten Töne des Menuetts. Als sie verklungen sind, verbeugt er sich vor den Zuhörern. Sie klatschen Beifall, während der Junge zu Boden sieht. Als er sich wieder aufrichtet, blickt er in ihre dunklen Augen. Das Mädchen mit den braunen Haaren weiß von nichts. Der Junge hat das Menuett für sie gespielt. Er weiß nichts über die Liebe, wie kompliziert und schmerzhaft sie sein kann. Nur die Vorstellung hat ihn beflügelt. Sie war im Saal, in der Musik, in seinen Händen.

Später ist das Mädchen an der Reihe. Die Lehrerin sagt den Titel ihres Stückes an, der Junge versteht es nicht. Das Mädchen spielt wunderbar. Als sie sich vor dem Publikum verbeugt, hofft der Junge, dass sie herüberschaut. Wenn er sich später daran erinnert, wird sie es tun.

Es vergehen zwei Stunden, dann haben alle Schüler vorgespielt. Die Lehrerin beendet das kleine Konzert. Draußen ist die Nacht eingekehrt. Alle stehen von ihren Stühlen auf und reden durcheinander. Der Junge geht zu seiner Familie. Sie nehmen ihn in den Arm und sagen, wie stolz sie sind.

„Wir haben einen Tisch im italienischen Restaurant reserviert", verkündet der Vater. Die Großeltern stehen daneben. Der Junge ist benommen von der plötzlichen Leichtigkeit.

„Freust du dich?", fragt der Vater.

„Ja!", antwortet der Junge. „Ist das die Überraschung?"

„Nein, die kommt später", sagt der Vater grinsend.

Die Familien strömen aus dem Saal. Der Junge geht hinter seinen Eltern. Seine Augen suchen nach dem Mädchen. Sie steht in der Gruppe mit den anderen Schülern. Wieder sieht er nur ihren Rücken, die langen, braunen Haaren. Er bleibt stehen und wartet, bis sie sich umdreht.

„Kommst du?", fragt die Mutter. Die Familie steht schon an der Treppe.

Der Junge nickt und geht mit ihnen hinunter.

Das italienische Restaurant am Marktplatz ist gut besucht. Der Kellner weist ihnen einen Tisch zu. Die Eltern bestellen Rotwein und Pizza, der Junge darf Cola trinken. Die Familie redet über das Vorspiel. Die Großeltern sagen, wie großartig er es gemacht hat. Als der Kellner das Essen bringt, erhebt der Vater sein Glas.

„Auf unseren Pianisten!"

Der Junge ist glücklich. Sehr glücklich. Er verschlingt seine Pizza und lehnt sich zurück. Die Großeltern bestellen eine zweite Flasche Wein und reden über Politik. Der Junge hört nicht mehr zu. In seinen Gedanken ist er bei ihr. Er weiß nicht, ob er das Mädchen mit den dunklen Augen wiedersehen wird. Ob sie ihn jemals gesehen hat. Es spielt keine Rolle, der Augenblick wird bleiben.

„Bist du bereit für die Überraschung?" Der Vater legt seine Hand auf die Schulter des Jungen.

„Ja!", antwortet dieser.

„Du bekommst dein Weihnachtsgeschenk schon heute", sagt der Vater. Er holt einen Umschlag aus der Manteltasche. Alle blicken gespannt, während der Junge das Papier vorsichtig öffnet. Eine Ansichtskarte. Schneebedeckte Berge, die Sonne am wolkenlosen Himmel. Ein Skifahrer, der vom Hang grüßt. Die rot-weiße Flagge von Österreich.

„Wir haben sehr viele Aufträge in der Werkstatt bekommen, deswegen machen wir dieses Jahr einen Skiurlaub in Österreich!", erklärt der Vater.

Der Junge betrachtet die Karte. Skifahren, hohe Berge, ein fremdes Land.

„Das ist so cool!"

Er umarmt den Vater.

„Wenn die Ferien beginnen, fahren wir los. Vorher besorgen wir dir noch ein paar Skier, damit du richtig schnell fahren kannst“, sagt dieser.

Die Mutter gibt dem Jungen einen Kuss auf die Stirn.

„Wir sind sehr stolz auf dich“, sagt sie. Der Vater nickt.

„Danke!“, sagt der Junge noch mal. Endlich kann er sich wieder auf die Zukunft freuen. Die Familie stößt an. Dann erhebt sich die Großmutter, greift in ihren Beutel und holt ein rechteckiges Geschenk heraus.

„Das ist von uns“, sagt die Oma und überreicht es ihm. „Du bekommst es auch schon heute.“

Das Rechteck ist leichter als gedacht. Der Junge dreht es in den Händen. Meistens fragen die Großeltern, was er sich zu Weihnachten wünscht. Dieses Jahr haben sie es nicht getan. Der Junge löst die Schleife und reißt das Geschenkpapier vorsichtig ein.

Meisterwerke der Klassik. Eine CD-Sammlung mit 30 CDs, sortiert nach den Namen der Komponisten. Mozart, Schubert, Brahms, Haydn, Tschaikowski, noch viele mehr. Zu jeder CD gibt es ein kleines Heft mit Texten über die Komponisten, ihr Leben, ihre Werke. Darin sind kleine Bildchen, gemalte oder fotografierte Gesichter, Bilder von den Städten, in denen sie gelebt haben.

„Danke!“, sagte der Junge und umarmt auch die Großeltern. Ihr Geschenk ist eine Befreiung. Ab jetzt kann er sein kleines Zimmer jederzeit mit Musik füllen. Er liest die großen Namen und Stücke und kann es nicht abwarten, nach Hause zu kommen.

„Wir waren uns nicht sicher, ob es dir gefällt.“

„Ich freue mich sehr“, sagt der Junge.

Die vorzeitige Bescherung ist vorüber. Es dauert noch eine Weile, bis alle ihre Gläser ausgetrunken haben.

Auf der Heimfahrt sitzt die Mutter am Steuer. Der Vater schnarcht leise auf dem Beifahrersitz. Der Junge sitzt hinten und schaut in die Finsternis. Er hat viele schöne Gedanken, will diesen Tag nicht mehr vergessen. Als sie endlich zu Hause sind, steigt er schnell aus dem Auto.

„Warum hast du es denn so eilig?", sagt die Mutter.

„Habe ich nicht", sagt der Junge mit der CD-Sammlung unter dem Arm. Die Mutter sieht auf die CDs, in sein Gesicht und versteht es. Sie sagt:

„Aber nicht zu lange", und lächelt ihn an. Der Junge lächelt zurück. Es gab immer nur Sie.

In seinem Zimmer macht er sich an die Arbeit, breitet die CD-Sammlung auf dem Schreibtisch aus, schaltet die Musikanlage ein, kippt das Fenster an. CD-Nummer eins, Wolfgang Amadeus Mozart. Er hört jedes Stück so lange, bis er weiß, dass es nicht das Richtige ist. CD-Nummer zwei, Ludwig van Beethoven. Auch hier nichts. CD-Nummer drei, Johann Sebastian Bach. Wieder nichts. Das kann ewig dauern. Zum Glück ist morgen keine Schule. Irgendwann ist es sehr spät. Er hat achtzehn von dreißig CDs durchgeklickt, auf der Suche nach dem Klavierstück des Mädchens. Wer sagt, dass es überhaupt auf diesen CDs ist. Er macht trotzdem weiter, wird bald sehr müde, zieht sich den Schlafanzug an, putzt Zähne und setzt sich wieder vor die Anlage. Er will noch zwei CDs durchklicken. Der Junge legt den Kopf auf den Tisch und platziert seinen Finger auf der Weiter-Taste. Über dem Feld leuchten die Sterne. CD-Nummer neunzehn, Franz Schubert. Nein. CD-Nummer zwanzig, Robert Schuhmann. Titel 4: *Träumerei*, Kinderszenen, op. 15.

Es ist ihr Stück. Es ist das Stück des Mädchens mit den dunklen Augen. Als es zu Ende ist, drückt er wieder auf Anfang. *Träumerei*. Es klingt genauso. Der Junge schläft kurz auf dem Schreibtisch ein, während die CD weiterläuft.

Er wacht auf, lässt die *Träumerei* abspielen und legt sich ins Bett. Er vergisst, das Fenster zu schließen. Am nächsten Morgen weckt ihn die Kälte.

4

Die Wochen bis zu den Weihnachtsferien vergehen schnell. In der Schule schreiben die Lehrer keine Arbeiten mehr, zeigen stattdessen Filme. Im Dorf wird jeden Tag Schnee geschoben, der Hof vor dem Haus gefriert. Wenn der Junge von der Schule nach Hause kommt, gibt es nichts zu tun. Er legt sich unter die Bettdecke und liest in den Heftchen aus der CD-Sammlung. Nebenbei läuft die Musik. Meistens Mozart, Wolfgang Amadeus. Seine Stücke klingen nie zu fröhlich, nie zu traurig. Die Leben der Komponisten sind genauso interessant wie ihre Musik. Mozart, Schubert, Beethoven, Brahms – egal, über welchen fremden toten Mann der Junge etwas liest - immer taucht der Name einer Stadt auf: Wien. Was muss es für ein Ort sein, an dem solche Musik geschrieben wurde. Der Junge will mehr wissen. Als er am Wochenende im Büro der Werkstatt auftaucht, fragt der Vater:

„Was machst du denn hier?“

„Kann ich am Computer was nachschauen?“

„Für die Schule“, ergänzt der Junge. Er traut sich nicht, die Wahrheit zu sagen.

„Ja. Natürlich“, antwortet der Vater. Im Büro gibt es mehrere schwarze Bildschirme mit Internet. Es riecht nach Zigaretten und Milchkaffee. Wenn der Vater an den Wochenenden arbeitet, raucht er auch im Büro.

„Willst du einen Kakao?“, fragt er.

Der Junge nickt.

Der Vater stellt ihm eine Tasse hin und verschwindet im Chefzimmer, während der Computer hochfährt. Der Junge hört ihn auf die Tastatur tippen. Der Vater bearbeitet Versicherungsschreiben, Rechnungen und Auflagen, während der Junge im Internet nach Bildern von Mozart sucht, von seiner Familie, seiner Wohnung, seinen Briefen, alles, was ihm angezeigt wird. Darunter sind auch Bilder von Wien. Eins zeigt den

Stephansdom, ein anderes das Schloss Belvedere, dann die Pferdekutschen, den Prater, die Hofburg. Der Junge merkt sich die Namen nicht, aber die Bilder bleiben in seinem Kopf. Es muss ein fantastischer Ort sein, dieses Wien. Eine Stadt voller Liebe und Musik. Nach einer Stunde schaltet der Junge den Computer aus. Er hört den Vater in seinem Zimmer tippen. Er klopft an die Tür und sagt: „Ich gehe nach Hause."

„Hast du alles gefunden?", fragt der Vater.

„Ja. Danke", antwortet der Junge.

Der Vater nickt und lächelt. Aus seinen Augen strahlt eine Ruhe. Als der Junge wieder im Haus ist, durchfährt ihn die Angst. Er stellt sich vor, wie der Vater am Computer die Bilder sieht. Der Junge will, das Wien ein Geheimnis bleibt. Im Kopf ist es seine Stadt.

Am selben Abend spielt er wieder Klavier. Das Menuett läuft fehlerfrei. Seit dem Vorspiel denkt er dabei an das Mädchen mit den dunklen Augen. Er hat sie nie wiedergesehen, nur in seinen Gedanken sehr oft. Nachdem der Junge das Menuett ein paar Mal gespielt hat, legt er die Schuhmann-CD in die Anlage.

Titel 4: *Träumerei*, Kinderszenen op. 15.

Er hört ihr Stück. Wieder und wieder. Der Sommer, die Wüste und das Tier nahmen ihm die Worte. Nur die Musik blieb übrig. Seitdem hat sich etwas verändert. In diesem Moment reicht die Musik nicht mehr. Der Junge will etwas sagen, aber es ist niemand da. Er lässt die *Träumerei* laufen, holt einen Bleistift und Papier und schreibt einen Brief, an sie. Er sucht nach den schönsten Worten, die sein kleines Herz finden kann. Es wird spät, die Freude hält ihn wach. Er muss noch ins Badezimmer. Auf dem Weg dorthin denkt er nur an den Brief. Als der Junge zu seinem Zimmer zurückläuft, sieht er die Hausschuhe davorstehen. Plötzlich wird im Flur eine Tür aufgeschlagen. Das ganze Haus ist dunkel. Der Junge bleibt stehen und hört die schweren Schritte. Er hält den Atem an. Die

Schritte werden lauter. Der Junge schließt die Augen, dabei bräuchte er nur zwei Meter, um in sein Zimmer zu gehen. Die Schritte werden leiser, jemand betätigt die Toilettenspülung. Der Junge atmet aus und geht in sein Zimmer. Auf dem Schreibtisch liegt der Brief an das Mädchen mit den dunklen Augen. Der Junge versteckt ihn. Am liebsten würde er alles vergessen.

5

Der letzte Schultag vor den Weihnachtsferien. Als der Junge nach Hause kommt, tragen die Eltern schon die Koffer ins Auto. Sie wollen direkt losfahren, damit die Autobahnen nicht zu voll sind. Der Junge kann es nicht erwarten. Er hat allen Freunden davon erzählt. In der Küche schmiert die Mutter Brote für die Fahrt, kocht Kaffee und gießt ihn in Thermoskannen. Der Junge stellt seinen Ranzen ins Zimmer. Er packt ein Buch und viele Fußballzeitungen in den Reiserucksack. Eine halbe Stunde später sitzen der Vater, die Mutter und der Junge im Auto.

„Wie lange fahren wir bis nach Österreich?", fragt der Junge.

„Sieben Stunden laut Navi", antwortet der Vater.

Auf der Autobahn beginnt es zu regnen. Vor der Grenze stehen sie das erste Mal im Stau. Im Radio laufen Weihnachtslieder. Nach drei Stunden hat der Junge alle Fußballzeitschriften durchgeblättert. Hinter der Grenze halten sie an einer Tankstelle. Die Eltern trinken Milchkaffee, der Vater isst Schokolade. Sie schmilzt im warmen Luftstrom der Klimaanlage. Es riecht im ganzen Auto danach. Dem Jungen wird übel. Dagegen hilft nur Schlafen. Die Rücklichter spiegeln sich in den Regentropfen.

Als er aufwacht, schläft die Mutter auf dem Beifahrersitz. Die Augen des Vaters sind auf die Straße geheftet. Die Landschaft hat sich verändert. Hohe weiße Berge tun sich auf. Die Autobahn führt so nah daran vorbei, dass man die Almhütten darauf erkennen kann. Der Junge sieht hinaus und liest die Namen fremder Städte auf den Verkehrsschildern. Irgendwann steht da in großen, weißen Buchstaben:

Wien. Wien! Es gibt sie wirklich, die Stadt aus den Heftchen, aus dem Internet. Der Junge wartet auf das nächste Straßenschild. Er will wissen, wie weit es bis nach Wien wäre.

„In zwei Kilometern die nächste Ausfahrt nehmen“, sagt das Navigationssystem von vorne.

Der Vater wechselt die Spur.

„Wie weit ist es bis nach Wien?“

Der Vater sieht durch den Rückspiegel und antwortet:

„Sehr weit.“

Der Junge nickt.

„In einem Kilometer die Ausfahrt nehmen“, sagt das Navigationssystem.

Der Vater bremst.

„Fahren wir irgendwann mal nach Wien?“, fragt der Junge.

„Nach Wien?“

Der Vater setzt den Blinker.

„Was willst du denn in Wien?“

Der Junge sieht den Vater im Rückspiegel. Dann sieht er auf seine Hände.

„Ich weiß es nicht.“

„Jetzt die Ausfahrt nehmen“, sagt das Navigationssystem.

Das Auto rollt durch die Kurve und bleibt an der Ampel stehen.

„Also fahren wir irgendwann mal nach Wien?“, fragt der Junge erneut.

Die Ampel steht immer noch auf Rot. Der Vater dreht sich vom Fahrersitz um und sieht den Jungen an.

„Irgendwann vielleicht.“

Der Junge sieht aus dem Fenster. Er weiß noch nicht, wie schwer die nächsten Jahre werden.

Die Zeit wird vergehen. Er wird versuchen, sich zu erinnern. Von der Vergangenheit wird nichts mehr übrig sein. Bloß ein kurzer Brief mit schönen Worten.

Irgendwann wird er ihn suchen.

Vielleicht wird er ihn finden, dort, wo er all die Jahre lag.

HOFFNUNGSLOS SPÄTER

1

Ich stehe auf der Landebahn des Flugplatzes, von den Bühnen leuchtet es grün und pink und blau. Es ist zu dunkel, um die Gesichter der tanzenden Menschen zu sehen. Sie verschwimmen ineinander, umhüllt von künstlichem Nebel. Ich lege den Kopf in den Nacken und sehe zu den Sternen. Manche von ihnen sind schon vor langer Zeit gestorben. Ihr totes Licht schimmert mir entgegen. Sie sind Vergangenheit. Oder bin ich es? Gute Frage. Ich denke darüber nach, bis mich die House-Musik, die tanzenden Menschen und die wilden LED-Lichter wieder darin erinnern, dass ich auf einem Festival bin. Ich habe 150 Euro bezahlt, für eine fantastische Zeit mit einzigartigen Erinnerungen.

Jetzt stehe ich am Samstagabend, dem Höhepunkt des Festivals, allein rum und denke über sterbende Sterne nach. Ich sehe den anderen Leuten beim Spaßhaben zu und frage mich, welchen Sinn das hat. Warum treffen sich 25.000 Medizinstudierende für drei Tage auf einem Flugplatz-Gelände in Mitteldeutschland, um sich mit billigen Spirituosen präkomatös zu trinken? Warum haben angehende Ärztinnen und Ärzte so viel Spaß daran, ihre Körper zu vergiften? Warum verlieren hier sogar die letzten Erstsemester auf Dixie-Toiletten ihre Jungfräulichkeit - und erinnern sich am nächsten Morgen nur an gefühlvolle Erotikakte?

Hedonismus, erbarmungsloser Hedonismus. Anscheinend habe ich als Einziger 150 Euro für das Gegenteil bezahlt. Gibt es ein Gegenteil von Hedonismus? Ich will nicht darüber nachdenken. Wobei: allein in der Kälte stehen, anderen Leuten beim Feiern zusehen, über den Sinn von etwas philosophieren, das man eigentlich erleben will; dazu Hunger, Durst, schmerzende Füße und die Haut voller klebrigem Schweiß, den ich vor dem Schlafen nicht abduschen kann – das kommt dem Gegenteil von Hedonismus ziemlich nahe. Dabei könnte ich im nächsten Moment wieder glücklich sein wie alle anderen. Es gibt zwei Dinge, die dafür passieren müssten. Entweder finde ich jemanden, der mir ein blaues Teil verkauft, schlucke es und bin für ein paar Stunden sehr glücklich. Oder ich finde das wieder, was mir wirklich fehlt:

mein Handy.

Das ist die einzige Möglichkeit auf echtes, anhaltendes Glück. Leider habe ich mein Handy vor unbestimmter Zeit verloren. Nachts. Auf einem Festival. Zwischen 25.000 betrunkenen Menschen. In drei Wochen beginnt mein Erasmus-Semester in Wien. Ich habe noch kein WG-Zimmer. Alle Bewerbungen laufen über eine Handy-App. Am Sonntagabend, wenn das Festival vorbei ist, habe ich drei Online-Castings. Ohne Handy kein WG-Zimmer in Wien, kreist es mir durch den Kopf, während ich zum Zeltplatz gehe. Ich male mir aus, wie meine Freunde dort auf mich warten.
Ich hoffe, dass sie blaue Teile besorgt haben. Dann könnte ich meine Verzweiflung auf Morgen verschieben.

2

Einen Monat vorher.
Es ist August. Ich stehe spät auf und fahre zum Mittag in die Mensa. Es gibt Rührei mit Spinat und Kartoffeln. Die Küchenfrau macht meinen Teller so voll, dass der Spinat vom Rand tropft.

Ich bedanke mich, nehme eine Club Mate aus dem Kühlschrank und setze mich auf den Balkon. Am Nebentisch reden Studierende über Prüfungen, die ich schon hinter mir habe. Es ist eine Entspannungstherapie, ihnen zuzuhören. Ich setze meine Sonnenbrille auf und vermische die Kartoffeln mit dem Spinat. Als der Teller leer ist, bekomme ich einen Videoanruf von meiner Großmutter. Als hätte sie es geahnt.

„Hallo, Oma. Wie geht es dir?", frage ich.

„Ach, alles bestens. Schau, ich bin gerade im Garten."

An den Himbeersträuchern hängen pralle, rote Früchte.

„Von den hast du früher immer gerne genascht. Aber sag, wie geht es dir? Was macht dein Freisemester?"

„Läuft ganz gut", sage ich und erzähle ihr von der Arbeit im Restaurant, von dem Essen, das wir servieren und von den Kunden, die viel Geld und wenig Wertschätzung haben. Meine Großmutter hört zu und nickt. Mit einer Hand hält sie das Handy, mit der anderen zupft sie Unkraut aus dem Gemüsebeet.

„Und wann schreibst du deine nächste Prüfung?", fragt sie.

Ich erkläre ihr, dass man im Urlaubssemester keine Prüfungen machen muss.

„Ok. Und das nächste Semester studierst du in Wien, richtig?"

„Ja, genau."

„Und das musst du für dein Studium so machen, richtig?"

Meine Großmutter wischt sich den Schweiß von der Stirn. Sie hält ihr Gesicht die ganze Zeit perfekt in die Kamera. Ich weiß nicht, wie sie das schafft. Vielleicht macht sie mit ihren Freundinnen auch Videoanrufe.

„Nein, eigentlich nicht", sage ich.

Jetzt könnte meine Großmutter fragen, warum ich dann ein Freisemester nehme und nach Wien gehe. Ich müsste mir eine Antwort überlegen, die für eine Frau mit ihrer Lebenserfahrung nicht lächerlich klingt.

Ja, Oma, weißt du, die Corona-Zeit war sehr hart, man war die ganze Zeit nur zu Hause und hat nichts erlebt. Jetzt muss man nachholen, was man verpasst hat. Außerdem macht fast jeder ein Erasmus-Semester. Es ist wichtig, sich selbst kennenzulernen und neue Erfahrungen zu sammeln.

Wien ist eine superschöne Stadt mit viel Kultur. Wenn ich dort bin, will ich eigentlich nichts fürs Studium machen, sondern neue Leute kennenlernen, feiern gehen und Kunstausstellungen besuchen.

Meine Großmutter ist der verständnisvollste Mensch, den ich kenne. Sie würde darüber nachdenken und eine empathische Antwort geben. Aber ich kann ihr das nicht zumuten. Wie soll ich einer Frau, die in einer ummauerten Diktatur aufgewachsen ist, von meinem Bedürfnis nach Freiheit und Selbstentfaltung erzählen?

„Hast du schon eine Unterkunft in Wien?", fragt meine Großmutter, als würde sie mich erlösen wollen.

„Es ist ziemlich schwierig. Ich habe viele Anfragen verschickt. Auf die meisten bekomme ich nicht mal eine Antwort."

„Wirklich?", sagt meine Großmutter entsetzt. „Aber du bist doch ein netter, anständiger Junge."

Ich höre, wie sie im Hintergrund den Gartenschlauch ausrollt.

„Ja, Oma, ich weiß auch nicht, woran es liegt."

Meine Großmutter weiß nicht, wie man sich im 21. Jahrhundert ein WG-Zimmer in einer fremden Stadt sucht. Sie weiß nicht, dass es eine App gibt, auf der man Anzeigen kontaktiert. Dass man eine Textnachricht kreieren muss, in der man als coole, entspannte, weltoffene, kreative, gesellige Person rüberkommt – ohne dabei den Eindruck zu erwecken, man wolle nur cool, entspannt und weltoffen wirken. Ich könnte meiner Großmutter meine Bewerbungsnachricht vorlesen. Sie würde fragen, ob ich wirklich gutes Hähnchen-Curry koche, seit wann ich gerne Badezimmer putze und was Trance für eine Musikrichtung ist.

Sie würde fragen, warum ich nicht einfach sage, dass ich ein netter, anständiger junger Mann bin, der freundliche Mitbewohner sucht.

Hallo ihr! Meine Oma sagt, ich bin ein netter, anständiger junger Mann - ein interessanter Einstieg. Die Tatsache, dass ich einen Moment darüber nachdenke, meine Nachricht damit zu beginnen, ist erschreckend.

„Lass den Kopf nicht hängen." Meine Großmutter setzt sich in die Hollywood-Schaukel, die Sonne scheint ihr ins Gesicht. „Das wird schon."

„Hm", erwidere ich.

Die Mensa ist leer geworden. Die Studierenden am Nachbartisch gehen mit ihren Tabletts zur Abgabe.

„Es gibt immer Dinge, auf die man sich freuen kann", sagt meine Großmutter. „Hast du in der nächsten Zeit etwas Schönes geplant?"

„Allerdings. Ich gehe mit meinen Freunden auf ein Festival!"

„Ein was?"

„Ein …"

Festival. Eine über mehrere Tage andauernde Party, wo man mit fremden Menschen Alkohol trinkt, Drogen nimmt und zu lauter Musik tanzt. In diesem Fall nennt es sich MediMeisterschaften. 25.000 angehende Ärztinnen und Ärzte aus Europa treffen sich auf einem Flugplatz, um kollektiv ihre Würde zu vergessen.

„Eine Party, Oma. Ich gehe auf eine große Party mit meinen Freunden."

„Das klingt wunderbar."

„Und, was machst du Schönes?"

„Ich? Ach." Meine Großmutter winkt ab und lacht. „Ich schaue, dass die Himbeeren wachsen, und backe einen Kuchen, wenn alle mal wieder zum Kaffee kommen."

Wir verabschieden uns. Ich bringe mein Tablett zum Fließband. Die Kantinenfrau zählt das Geld in der Kasse.

„Auf Wiedersehen", sage ich zu ihr. Sie grüßt fröhlich zurück.

Die Fahrradständer vor dem Gebäude sind leer.

Ich muss an die Corona-Zeit denken, an den Tag im Dezember, als über Nacht der Winter einbrach und die Autos nicht von der Stelle kamen. Ich fuhr trotzdem mit dem Fahrrad in die Mensa, brauchte eine halbe Stunde länger, fiel zweimal hin und verstauchte mir das rechte Handgelenk. Die Kantinenfrau machte große Augen, als ich mit dem Tablett zur Essensausgabe kam. Sie lud mir die doppelte Menge auf den Teller. Ich war der einzige Gast im Speisesaal. Zum Essen musste ich die linke Hand nehmen. Als mein Teller leer war, rief ich meine Großmutter an, um ihr kurz zu erzählen, wie es mir geht. Aus Versehen wählte ich den Videoanruf. Wir telefonierten eine ganze Stunde miteinander. Danach wurden die Videotelefonate in der Mensa unsere Tradition. Dieser Tag ist meine einzige Erinnerung aus dem langen Winter. An diesem Tag in die Mensa zu fahren, war eine kleine Freiheit. Ein Triumph über das Zuhause-Bleiben. Seitdem ist viel Zeit vergangen. Der leere Fahrradständer erinnert mich jedes Mal daran.

Die Schicht im Restaurant beginnt in zwanzig Minuten. Als ich schon auf dem Weg bin, vibriert mein Handy. Auf der WG-Gesucht-App ist eine neue Nachricht.

Ich werde sie später lesen, am Abend vielleicht.

Mit Hoffnung lebt es sich leichter.

3

Wir sind auf dem Weg zum Festival. Als wir von der Autobahn abfahren, stauen sich die Fahrzeuge hinter der Kurve. Das Wetter könnte nicht besser sein. Während die Jungs im Auto eine Sektflasche rumgehen lassen, scrolle ich am Handy.

Auf Instagram tauchen die ersten Bilder vom Festivalgelände auf: holzverkleidete Bühnen, wild funkelnde LED-Wände und Lautsprecher so hoch wie Wohnhäuser. Drei Kilometer vor dem Einlass kommt die Autoschlange in einem Dorf zum Stehen. Die Leute steigen aus, trinken Bier und erzählen, wie viele Stunden sie gefahren sind. Die Jungs gesellen sich dazu.

Ich bleibe im Auto, mache die Fensterscheibe runter, scrolle weiter durch mein Handy. In der WG-Gesucht-App gibt es neue Anzeigen. Seit dem Telefonat mit meiner Großmutter sind mehrere Wochen vergangen. Ich habe immer noch kein WG-Zimmer in Wien gefunden. Langsam ist Zeit für Panik, aber nicht an diesem Wochenende. Zwei Jahre konnte das Festival nicht stattfinden. Zwei Jahre haben alle darauf gewartet, wieder feiern zu gehen. Zwei Jahre waren wir, die Studierenden, in unseren Zimmern eingesperrt und wurden täglich darüber informiert, was wir nicht dürfen. Wir sollten solidarisch sein und die Vernichtung unserer Jugend hinnehmen. Endlich ist Schluss damit. An diesem Wochenende ist alles erlaubt. Es soll wiederbringen, was uns genommen wurde, auch wenn das eigentlich nicht funktioniert.

Die Jungs haben schon Bier von einer anderen Gruppe besorgt. Ich will auch dazustoßen.

Bevor ich den Alltag für drei Tage vergesse, schreibe ich die letzte Anfrage auf der WG-Gesucht-App. Am Sonntag, wenn wir zurückfahren, habe ich drei Online-Castings. Drei Chancen, eine Wohnung zu finden, müssen reichen, um drei Tage unbeschwert zu sein. Ich stecke das Handy in die Tasche, gehe zu den Jungs und trinke ein kaltes Bier in der Sonne.

Die Autoschlange bewegt sich vorwärts. Wir parken zwischen den anderen Autos und schleppen unser Zeug auf das Gelände. Die Stimmung ist phänomenal. Überall grölen Leute Partysongs und beladen Bollerwagen mit Bierpaletten. Jedes Gesicht, in das ich schaue, sieht fröhlich aus. Als wir am Einlass stehen, rennt ein Typ aufs Feld und kotzt. Eine beachtliche

Leistung, bevor das Festival überhaupt angefangen hat. Als wir die Zelte aufbauen, fängt die Musik an zu spielen. Ich sehe über den Flugplatz. Die vielen Menschen, die Lichter, der klare Himmel, die Abenddämmerung, es ist wie der Anfang eines Films, den man unbedingt weiterschauen möchte. Die Luft knistert vor Euphorie. Die Jungs machen Ravioli über dem Gaskocher warm. Es besteht kein Zweifel, dass die nächsten drei Tage fantastisch werden.

Nach dem Essen ziehen wir über das Festival-Gelände, trinken Fanta-Korn, reden mit Studierenden aus Graz, Budapest, Hamburg, fühlen uns leicht und groß. An der Hip-Hop-Bühne spielt der DJ *Dior 2001* von RIN. Wir drängeln uns in die Menge und versuchen, einen Moshpit zu starten. Alles, was wir tun, ist dumm und kindisch und schön. Das Festival ist ein großer Spielplatz. An jeder Ecke wartet ein Abenteuer.

Es ist nach Mitternacht, als wir mehrere Stunden an der Main-Stage getanzt haben. Ich bin nüchtern genug, um zu bemerken, dass das Calvin-Harris-Double auf der Bühne schon zum zweiten Mal *All I need is your love tonight* spielt. Niemand scheint es zu stören. Ich drehe mich zu den Jungs, um mich zu beschweren.

Sie sind weg. Einfach verschwunden. Keine Ahnung, wie lange schon. Ich gehe aus der Menge, stelle mich an den Getränkewagen und hole mein Handy heraus, um sie anzurufen. Kein Empfang. Es sind viele Menschen an einem Ort, dessen Mobilfunknetz die Kapazität für zehn Walkie-talkies hat. Ich stecke das Handy wieder in die Tasche. Danach beginnt ein mehrstündiges Trauerspiel. Dabei geistere ich mit leider nicht substanzgetrübtem Bewusstsein über den Flugplatz, versuche zu tanzen, spreche fremde Leute an, ziehe mit ihnen umher, verlasse sie wieder. Irgendwann wandere ich nur noch einsam durch die Dunkelheit und versuche, der Situation etwas Positives abzugewinnen: endlich mal Zeit für mich und meine

Gedanken, fernab von der ständigen Reizüberflutung, einfach mal Selbstreflexion, statt sich der konstanten Ekstase hinzugeben.

Genauso gewollt, wie das klingt, fühlt es sich an. Irgendwann bin ich erschöpft davon, mir etwas vorzumachen. Die Situation ist offiziell und ohne Ausnahme scheiße. Ich habe noch fünf Euro in der Tasche. Das reicht für ein Bier oder das Knoblauchbrot am billigsten Imbiss. Ich entscheide mich gegen die logische Option und gehe zum Knoblauchbrot-Stand. Als ich dort ankomme, kann ich meinen Augen nicht trauen. Die Jungs stehen da, jeder hat zwei Brote in der Hand. Sie haben mich die ganze Zeit gesucht, waren auch bei allen Bühnen, hatten auch kein Handy-Empfang. Aber sie haben etwas besorgt, dass es besser macht.

Kleine blaue Teile. Schnell versprochenes Glück. Einmal im Jahr, auf einem Festival, kann man das machen. Wir essen erst das Knoblauchbrot, dann schlucken wir die Pillen. Nach einer halben Stunde gibt es nur noch Liebe. Die Nacht ist fantastisch. Als ich im Zelt liege und es draußen hell wird, kommt die Realität langsam zurück.

Ich schlafe drei Stunden und wache mit einem unerwartet guten Gefühl auf. Der Himmel ist wolkenlos, auf den Bühnen läuft schon Musik. Das Frühstück besteht aus Kaffee, Cornflakes und Shisha. Auf dem Weg zur Toilette sehe ich die ersten Alkohol-Leichen in der Sonne schmoren. Als ich wieder am Zelt bin, starten wir den Konsum.

Es ist ein herrlicher Tag, an dem alles passieren kann. Wir ziehen wieder über das Gelände. Die Studierenden aus Österreich haben eine eigene Bühne. Ich rede wahllos mit Leuten aus Wien, frage, ob sie jemanden kennen, der jemanden kennt, der jemanden kennt, der ein freies WG-Zimmer hat. Ich bin schon zu betrunken, um mich für meine Bedürftigkeit zu schämen. Am Ende bekomme ich zwei Telefonnummern und schreibe ihnen gleich meine Nachricht. Jetzt kann ich die Zeit noch mehr genießen. Heute wird der beste Tag des Sommers. Mit Anbruch der Abenddämmerung erreicht die Stimmung ihren Höhepunkt. In meinem Kopf existiert nur noch die Gegenwart. In der Mitte des Flugplatzes findet der traditionelle Cheerleading-Contest statt. Körper fliegen durch die Luft, drehen sich, werden aufgefangen. Wir schauen zu, neben uns sitzen zwei Kölner Studenten, die mir Schnupftabak anbieten. Als der Contest vorbei ist, fangen alle an zu tanzen. Es wird ein wildes Getümmel auf staubigem Boden, die Leute schmeißen ihre Becher nach oben und es regnet Bier.

Als sich das Ganze auflöst, ist es Nacht geworden. Die Menge verläuft sich, ich halte nach meinen Freunden Ausschau. In meiner Wahrnehmung haben sie eben noch neben mir getanzt. Der Rausch hat mein Zeitgefühl verschoben. Ich versuche, ihre Gesichter zwischen den anderen ausfindig zu machen. Keine Chance. Es ist genau wie gestern. Als ich auf dem umliegenden Gelände suche, ist meine Stimmung noch gut. Doch es ist nur eine Frage der Zeit, bis ich nüchtern bin und alles scheiße finde. Aber diesmal weiß ich, was zu tun ist: es gibt eine Stelle in der Mitte des Flugplatzes, fernab von den Bühnen, wo man Mobilfunkempfang haben soll. Zumindest habe ich mir das von Leuten sagen lassen, denen es gestern genauso ging.

Es dauert eine Weile, bis ich die Stelle gefunden habe. Sie liegt mitten auf der Landebahn, von hier aus sieht man die Bühnen leuchten. Grüne, pinke und blaue Lichter strahlen herüber. Es ist zu dunkel, um die Gesichter der tanzenden Menschen zu sehen. Ihre Silhouetten verschwimmen, eingehüllt in künstlichem Nebel. Es ist so weit. Ich bin allein, nüchtern und deprimiert. Es sollte der beste Tag des Sommers werden. Mittlerweile fühlt er sich genauso an wie gestern. Aber dieses Mal habe ich einen Plan. Ich werde den Jungs eine Nachricht schreiben, dass wir uns am Knoblauchbrot-Stand treffen.

Irgendwann wird die Nachricht auf ihren Handys ankommen, so lange warte ich einfach dort. Leider scheitert mein Plan an seiner Grundbedingung. Um die Nachricht zu senden, brauche ich Empfang. Um Empfang zu haben, brauche ich ein Handy.

Es ist nicht in der linken Hosentasche. Nicht in der rechten. In den Gesäßtaschen auch nicht. Es gibt keine anderen Optionen. Es ist weg. Mein Handy ist weg, nachts, auf einem Festival. Es liegt zwischen den dreckigen Schuhsohlen von 25.000 betrunkenen Menschen. Die Gewissheit steigt in mir auf wie ein lähmendes Gas. Ohne Handy keine WG-Gesucht-App, keine drei Castings am Sonntag, keine zwei Nummern für potenzielle WGs in Wien. Es würde mindestens eine Woche dauern, bis ich ein neues besorgt und eingerichtet habe. Bis dahin sind die Zimmer weg. Ich verspüre den Impuls, meinen Kopf gegen etwas zu schlagen. Als ob es nicht genug wäre, vier Wochen vor meinem Semesterstart in Wien keine Wohnung zu haben. Nein, ich verliere im Rausch auch noch die einzige Möglichkeit darauf.

Die Lage ist aussichtslos. Ich lege den Kopf in den Nacken, schaue nach oben. Keine Ahnung, warum. Der Sternenhimmel ist furchtbar klar, die Verzweiflung in mir nicht auszuhalten. Ich spaziere durch die Dunkelheit und versuche mich abzulenken, denke über den Sinn dieses Festivals nach, und über Sterne, woher kommt ihr Licht, wohin geht es? Jeder Gedanke, den ich denke, jedes Gefühl, das ich fühle – alles wird von Hoffnungslosigkeit verschluckt. Das Festival ist gelaufen. Ich gehe zum Zelt zurück, will mich hinlegen. Vielleicht hilft mir der Zufall und die Jungs sind auch gerade am Zelt. Vielleicht haben sie wieder blaue Teile besorgt. Heute würde ich zwei nehmen, auch wenn das eigentlich nichts bringt. Warum kann das Leben nicht so laufen, wie man es sich vorstellt.

4

„Oh Gott, oh Gott", sagt meine Großmutter und fängt an zu lachen. „Da hattest du aber Glück."

„Und wie. Ich kann es immer noch nicht glauben."

„Dafür musst du deinen Freunden einen Schnaps ausgeben", sagt sie.

Die Wahrheit ist, dass ich ihnen am liebsten erst mal ins Gesicht geschlagen hätte. Um meiner Großmutter das zu sagen, müsste ich ihr die ganze Geschichte erzählen. Sie müsste wissen, dass die Jungs mein Handy aus meiner Tasche fallen sehen und aufgehoben haben. Sie müsste wissen, dass die Jungs so betrunken waren, um nach einer Weile zu vergessen, wem das Handy eigentlich gehört. Sie müsste wissen, dass meine Freunde das Handy danach fast einem Fremden geschenkt hätten, der sein eigenes vollgepisst hatte.

„Ja, ich werde ihnen etwas ausgegeben, Oma."

„Sehr gut, so gehört sich das", sagt sie und nickt.

Seit dem Festival ist eine Woche vergangen. Ich sitze in der Mensa, tunke die Pommes auf meinem Teller abwechselnd in Ketchup und Mayonnaise. An den Tischen sitzen nur wenige Leute. Ab der nächsten Woche schließt die Mensa und öffnet erst wieder zum Semesterstart. Ich bin zum letzten Mal hier, bevor die Zeit in Wien beginnt, vorausgesetzt -

„Und wie läuft deine Wohnungssuche?", fragt meine Großmutter mit unfehlbarer Intuition. Sie steht in der Küche und kocht Fleisch ein. Wie immer bewundere ich ihre Fähigkeit, die Handykamera perfekt auszurichten.

„Ich habe nichts gefunden."

Die drei Castings nach dem Festival liefen gut, so wie die meisten Castings gut laufen und mit einer freundlichen Absage enden. Von den zwei Telefonnummern, die ich mir auf dem Festival ergattert habe, kam keine Antwort.

„Wirklich?", sagt meine Großmutter entsetzt.

„Ja."

„Und wie viel Zeit bleibt noch?"

„Drei Wochen ungefähr."

Meine Großmutter legt den Kochlöffel beiseite. Ihr Gesicht sieht ernst aus.

„Was machst du, wenn du nichts findest?"

„Ach", sage ich, „das wird schon."

„Das wird schon?"

„Ja, sagst du doch auch immer."

Ich grinse.

Die Situation ist zwar ausweglos, aber als ich mein Handy auf dem Festival verloren hatte, war sie auswegloser.

„Alles ist relativ. Oder Oma?"

„Stimmt."

Meine Großmutter lächelt, als wären alle Probleme aus der Welt geschafft. In ihrem Leben gab es viel größere Sorgen mit viel weniger Hoffnung. Manchmal muss ich meine Großmutter daran erinnern. Als wir unser Videotelefonat beenden, ist die Mensa leer. Die Kantinenfrau verabschiedet mich freundlich wie jedes Mal seit dem verschneiten Tag im Corona-Winter, als ich der einzige Gast war.

Draußen ist es hell, nur eine kleine Wolke zieht am Himmel. Der Sommer ist zu Ende. An der Bahnhaltestelle vibriert mein Handy. Eine neue Nachricht auf der WG-Gesucht-App.

Ich werde sie öffnen, später. Nein, lieber gleich.

KUNST?

Es ist ein lauwarmer Mittwochabend, als ich das erste Mal eine Ausstellung besuche. Vor dem Eingang der Museumshalle warten schon die anderen Menschen. Sie sind jung, alt oder reich genug, um am nächsten Tag nicht arbeiten zu müssen. Sie tragen dunkle Kleidung, halten Wein und Zigaretten in den Händen. Neben mir redet eine Gruppe über die Aufführung von Mozarts Don Giovanni.

Vorzüglich! Ausgezeichnet! À la Bonne heure!

Aha.

Obwohl wir unter freiem Himmel stehen, riecht es nach Parfüm. Ich bin den ganzen Tag durch die Stadt gelaufen und rieche nach Schweiß. Die Ausstellung ist die zufällige Endstation meiner Erkundungstour. Ich setze mich auf die Treppe neben den Eingang und zünde mir eine Marlboro Gold an. Es ist die erste Zigarette in Wien. Ich rauche sie aus Langeweile und Erschöpfung. Oder für meine Zugehörigkeit zu den Leuten, die am Mittwochabend in eine Ausstellung gehen, über Opern diskutieren und beim Rauchen gesund aussehen. Ich frage mich, ob sie das ernst meinen, diese Darbietung.

Zuvor:

die Ankunft in Wien überfordert mich. Der Bahnhof ist hell und aufgeräumt, die Fahrkarten sind günstig, nirgendwo riecht es nach Urin, die Schaffner antworten freundlich.

Linie U6, Station Handelskai, 20. Bezirk, Ausstieg rechts. Am Gleis gibt es einen Snackautomat mit allen Red-Bull-Sorten, Kakaomilch, Almdudler, Snickers. Daneben führt eine Rolltreppe nach unten. Ich und mein übergewichtiger Koffer können endlich aufhören, uns zu streiten. Es sind noch zehn Minuten Fußweg bis zu meinem neuen Zuhause. Bevor ich die Mitbewohnerinnen kennenlerne, muss ich etwas essen. Auf dem Weg liegen zwei Döner-Läden. Beide sind geschlossen, kaum zu glauben in einer Stadt mit zwei Millionen Einwohnern. Das bis jetzt perfekte Wien offenbart die erste Schwäche.

HÜHNERPARADIES heißt das Lokal, was noch geöffnet ist. Von hier sind es noch zwei Minuten bis zur Wohnung. Die arabische Frau hinter der Theke will gerade schließen. Ich stürze mit dem Koffer hinein, werde von der viel zu hellen Reklametafel geblendet. Zwiebelringe, Hähnchenrolle und Cola Zero bitte. Die arabische Frau nickt und stellt die Fritteuse an. Ich sehe mein Spiegelbild in der Kühlschranktür - nichts mehr zu retten. Der Laden erinnert mich an *Los Pollos Hermanos* aus *Breaking Bad*. Hier ist ein PARADIES für HÜHNER, die auf eine Bestattung in heißem Fett stehen. Die arabische Frau drückt mir die Tüte in die Hand, zeigt auf die Öffnungszeiten. 22 Uhr zu. Ich sage danke und gehe.

Neben dem HÜHNERPARADIES ist ein Spielplatz mit zwei Bänken. Als ich mich hinsetze und das Essen zurechtlege, fällt ein dünner Regen vom Himmel.

Später in der WG. Die Wohnung sieht aus wie ein Airbnb, dass ich nicht buchen würde, weil es zu weiß und zu teuer ist. Die Mitbewohnerinnen erklären mir alles: Miete 500 Euro, bitte in bar in den Briefkasten. Einen Mietvertrag gibt es nicht, sonst wären die Kaution und Maklergebühren fällig. Tausend Euro für jeden, mindestens. Bei Fragen an die Tochter des Besitzers wenden. Das ganze Haus gehört einer reichen Familie, Ur-Wiener, die irgendwas mit Gastronomie und Immobilien machen. Ich denke, es ist besser, nicht weiter zu fragen.

Es ist die einzige Wohnung, welche ich gefunden habe. Beim Casting fielen den Mädchen keine Fragen ein. Sie wollten nur wissen, ob ich Katzen mag.

Als wir die erste Kennenlernrunde hinter uns gebracht haben, verkrieche ich mich in mein Zimmer. Ein Bett, ein Fernseher, ein Schrank, eine Klimaanlage, Fußbodenheizung, zwei Fenster zur Straße. Der Regen schlägt dagegen. Ich versuche, mich einzurichten und hänge meine Lichterkette auf. Später klopfen die Mädchen an meine Tür. Sie sind schick aufgemacht und fragen, ob ich ausgehen will. Ich sage, dass ich sehr müde von der Reise bin, aber beim nächsten Mal gerne. Sie machen die Tür zu und ich darf endlich aufhören, freundlich zu sein. Später miaut die Katze aus der Küche. Ich gehe zu ihr, streichele das graue Fell, nehme sie mit in mein Zimmer. Sie legt sich neben mich. Ich denke, wir könnten Freunde werden. Als ich meine Hand von ihrem Rücken nehme, hüpft sie vom Bett und verschwindet.

Die Tage bis zum Semesterstart nutze ich, um die Stadt zu erkunden. Es ist Sonntag, als ich das erste Mal mit der U-Bahn ins Zentrum fahre. Erster Bezirk, Stephansdom, Touristen überall. Ich lasse mich mit der Masse treiben und finde einen SPAR-Supermarkt, der sonntags geöffnet hat. Im Laden stehen sich die Leute auf den Füßen. Ein paar Regale sind nicht zugänglich, weil die Schlangen an den Kassen zu lang sind. Ich hole Brötchen, Käse und Kaminwurzen, packe alles in meinen Rucksack und suche einen Platz zum Essen. In einer Seitenstraße werde ich fündig. Wieder regnet es. Ich setze mich in einen Hauseingang und befürchte, dass die Anwohner mein Asphalt-Picknick unterbrechen könnten. Ich stecke die Wurst in das Brötchen, nehme einen großen Bissen und betrachte das Wohnhaus gegenüber. Eine hellgelbe Jugendstilfassade, aus einem Fenster kommt Geigenmusik. Natürlich. Die Menschen, die an mir vorbeispazieren, sehen gepflegt und wohlhabend aus. Es sind erwachsene Paare unter schwarz-glänzenden

Regenschirmen. Sie schauen zu mir herunter, auf mein Brötchen, meine Wurst, meinen Käse. In ihrem Blick ist Verachtung, oder Mitleid, beides. Wenn man sich diese Stadt leisten können muss, um akzeptiert zu werden, bin ich lieber authentisch arm. Der Regen malt dunkle Flecken auf die Fassade.

Die nächsten Tage verlaufen ähnlich.

In der WG verbringe ich die meiste Zeit mit der Katze. Bei meinen Mitbewohnerinnen darf sie nicht auf das Bett, bei mir schon. Deshalb kommt sie gerne zu mir. Und weil ich sie heimlich füttere. Dann liegen wir gemeinsam auf der Matratze, die Katze schaut aus dem Fenster zu den Vögeln, ich recherchiere im Internet nach den schönsten Bezirken, den besten Cafés, den Geheimtipps in Wien. Es ist erstaunlich, wie wenig ich weiß über den Ort, an den ich unbedingt wollte. Laut einem Zeitungsartikel ist Wien die lebenswerteste Stadt der Welt. Eine Metropole. Die westlichste Stadt im Osten. 23 Bezirke. Auf einer Bloggerseite finde ich ein Ranking. Der zwanzigste Bezirk, in dem ich wohne, ist weit unten. Eine Lokalzeitung berichtet über mehrere Messerattacken an der S-Bahn-Station. Die Donau ist zehn Fußminuten entfernt, um die Ecke gibt es einen HOFER, drei türkische Friseurläden und einen Erotikklub namens Vicky. Was will man mehr.

Am Ende der ersten Woche weiß ich, welche U-Bahnen in die Stadt fahren, war das erste Mal im Kino und habe mich in einem Fitnessstudio angemeldet. Es kann losgehen mit Kunst und Kultur.

„Kunst und Kultur."

Meine Antwort auf die Frage, warum ich ein Erasmussemester in Österreich mache. Die meisten Studierenden gehen dafür nach Frankreich oder Italien, um sechs Monate Sonne und Freiheit zu haben. Ich will Kunst und Kultur anschauen, erleben, machen.

Wien ist die perfekte Stadt dafür - glaube ich, bis ich am Mittwochabend das erste Mal in eine Ausstellung gehe.

Die Türen werden geöffnet. Die dunkel gekleideten Menschen beenden ihre Gespräche über Opern, rauchen die Zigaretten fertig und strömen hinein. Das Gebäude, in dem die Ausstellung stattfindet, ist eine ehemalige Postsparkasse. Es gehört zu den bekanntesten Jugendstil-Bauten Wiens. In die Fassade sind graue Steinplatten eingesetzt, es gibt mehrere Etagen und hohe Fenster. Ich rauche die letzten Züge meiner Zigarette. Im Internet gibt es zu der Ausstellung nur ein futuristisch designtes, in Englisch verfasstes Werbeposter. Anscheinend geht es um Biologie, Philosophie, Zellen, das Leben. Ich habe die dunkel gekleideten Menschen im Vorbeilaufen gesehen und mir gedacht, dass es eine wichtige Veranstaltung sein muss.

Im Inneren des Gebäudes erstreckt sich eine Halle, groß genug für ein Konzert. Der Fußboden ist mit rot durchleuchteten Glaskacheln ausgelegt. Zu beiden Seiten wird der Raum durch die ehemaligen Bankschalter begrenzt. Sie sind durchnummeriert. An der Nummer 24 ist die Garderobe, an Nummer 25 wird Wein ausgeschenkt. Es gibt Stehtische, auf denen die dunkel gekleideten Menschen ihre Weingläser abstellen.

In der Mitte der Halle steht ein kleiner Mann. Er hat graue, gescheitelte Haare und trägt einen maßgeschneiderten Anzug. Die Frau zu seiner rechten reicht ihm ein Mikrofon. Es wird still. Der kleine Mann erklärt, worum es in dieser Ausstellung geht. Er redet schnell, schaut auf den Boden, streicht sich das graue Haar zurück. Seine Bewegungen sind ruckartig, alle zwei Minuten zupft er sich seinen Kragen zurecht. Er redet von Hegel und Leibnitz, von Bakterien und Proteinbiosynthese. Er spricht von Biotop, Monade und Chromatografie, springt zum nächsten Thema, wieder zurück, zur Seite, nach oben, nach unten. Seine Grundidee ist, dass alles in Verbindung steht. Gut möglich. Die Leute applaudieren. Der kleine Mann fährt sich durch die Haare, blickt wild umher und verbeugt sich mit ausgestreckten Armen wie ein Messias.

Ich glaube, er ist auf Kokain und sehr intelligent. Als die Ausstellung eröffnet wird, schwärmen die dunkel gekleideten Menschen in die einzelnen Räume. Ich gehe zu Schalter 24. Wenn ich meine schwarze Lederjacke abgebe, kommt mein safrangelbes Hemd zum Vorschein. Aber weil ich dazugehören will, lasse ich die schwarze Jacke an. Die Frau an der Garderobe sieht mich fragend an. Ich lächele und gehe zum Schalter der Weinausgabe.

Rot oder weiß, fragt die Dame.

Ich bestelle einen Roten und wühle in meiner Tasche nach dem Fünfeuroschein. Hinter mir stehen die Leute an. Die Dame wird ungeduldig. Sie fragt, ob ich noch etwas bestellen möchte. Nein, sage ich, kann man mit Karte bezahlen? Die Dame schüttelt den Kopf und sagt:

„Wir servieren allen Besuchern gerne ein Glas Wein zur Ausstellung."

„Ach so, also ist es gratis?"

Die Dame ist gequält von meiner Unwissenheit. Ich frage, ob ich dann doch ein zweites Glas Wein bekommen könnte. Die Dame versteckt ihre Empörung. Hinter mir stehen wichtigere Leute. Sie sagt:

„Gerne, der Herr."

Ich gehe zu einem Stehtisch, kippe mir die zwei Gläser Rotwein rein und schwitze unter meiner Lederjacke.

Die Ausstellung ist verstörend. Ich bekomme dieses eine Video nicht mehr aus dem Kopf. Es wird in der Mitte des Raumes auf eine Leinwand projiziert. Darauf ist ein Hund zu sehen, mittelgroß, braunes Fell. Vor ihm liegt eine Frau in neutraler Kleidung. Sie zieht ihr T-Shirt nach oben, sodass ihre Brüste zum Vorschein kommen. Der Hund wedelt mit dem Schwanz, läuft auf sie zu, legt seine Schnauze an die Nippel der Frau und saugt gierig die Milch aus ihren Brüsten. Ein paar weiße Tropfen bleiben in seinem Fell kleben.

Ich erfahre, dass der Hund biologisch verändert wurde, damit er die Frau für seine Mutter hält. Ich frage mich, ob das überhaupt möglich und legal ist, und welche wissenschaftlich-künstlerische Funktion dieses Experiment haben soll. Es wird noch schlimmer. Im zweiten Ausstellungsraum sitzen sie, die Frau und der Hund aus dem Video, in einem Glaskasten. Die Frau trägt einen weißen Pyjama. Sie betätigt einen Webstuhl mit ausdruckslosem Gesicht. Der Hund liegt neben ihr, kauert dicht an ihrem Bein. Obwohl viele Menschen um den Glaskasten stehen, ist er ruhig. Der Hund fühlt sich sicher in Gegenwart seiner – Mutter.

Irgendwann schaffe ich es, mich von diesem Anblick zu lösen und mir die übrigen Installationen und Grafiken anzuschauen. Mir wird heiß. Als ich die Lederjacke aufmache, ist das safrangelbe Hemd von Schweißflecken übersäht. Ich muss raus. In der Eingangshalle ist noch ein Stehtisch frei. Um mich herum diskutieren die dunkel bekleideten Menschen über die Ausstellung. Spannend! Ein Gewinn für Kunst und Wissenschaft! Ungewöhnlich! Fantastisch! Eine ganz neue Perspektive!

Zwei Tische weiter steht der kleine Mann. Er fährt sich durch die Haare und redet mit einem großen Mann, der wie Gerard Depardieu aussieht. Als der kleine Mann fertig geredet hat, beginnt der Gerard Depardieu mit seiner Ausführung. Er redet über ein Projekt, einen Film anscheinend. Der kleine Mann sieht gelangweilt aus, während der Gerard Depardieu ausladende Gesten macht. Irgendwann fragt der Gerard Depardieu:

„Kann ich dir jemanden vorstellen?"

Der kleine Mann nickt gleichgültig.

Der Gerard Depardieu eilt zwei Tische weiter und holt einen dritten Mann ins Gespräch. Er ist jünger und hat Haare wie ein Engel. Er stellt sich neben den Gerard Depardieu und gibt dem kleinen Mann ehrbietungsvoll die Hand.

Es ist ein arrangiertes Treffen. Der junge Mann mit den Engels-
haaren ist Filmemacher. Er stellt dem kleinen Mann sein Projekt
vor. Der kleine Mann sieht noch gelangweilter aus, als vorher.
Er sagt: „Großartig. Interessant. Ah ja. Entschuldigen Sie mich
bitte."

Dann verschwindet er auf die Toilette.

Der Gerard Depardieu und der Filmemacher mit den En-
gelshaaren bleiben zurück. In seinem Gesicht ist viel Traurigkeit.

„Du wirst es trotzdem schaffen", sagt der Gerard Depardieu.

Ich will verschwinden, gehe nach draußen, zünde mir eine
Zigarette an und suche nach Erklärungen. In welche Welt bin
ich geraten. Was sind das für Leute, die so etwas gut finden. Ich
denke, es geht um Selbstverwirklichung, darum, die Spitze der
Bedürfnispyramide zu erklimmen. Wie diese Menschen wohl
leben, wenn sie am Mittwochabend nicht in eine Ausstellung
gehen. Wahrscheinlich sitzen sie in warmen Wohnungen, mit
Designermöbeln und Kunst an den Wänden, tragen teure Uh-
ren und lesen die Zeit nie ab, im Zyklus von Weißwein und äu-
ßerst wesentlichen Dialogen.

Oder bin ich das Problem?

Ich verstehe nichts von Kunst. Die experimentellste Ausstellung, die ich je besucht habe, war *Körperwelten* in Berlin. In der
Schule habe ich Kunst abgewählt, weil meine Noten zu schlecht
waren. Vielleicht ist die Wiener Kunstwelt zu groß und mein
Resonanzvermögen darauf zu klein. Vielleicht braucht es eine
fundamentale ästhetische Bildung durch künstlerische Eltern
oder eine Privatschule, um in die Tiefen bedeutender Werke
vorzudringen …

Naja, um Muttermilch in der Schnauze eines Hundes wider-
lich zu finden, braucht es jedenfalls nichts, außer eine neue Zigarette, um mich davon abzulenken. Mit jedem Zug wird mein

Hals enger. Rauchen bedeutet gegen sich selbst zu arbeiten. Ich weiß nicht, woher das Bedürfnis kommt. Dort, wo ich aufgewachsen bin, interessiert sich kaum jemand für Kultur. In diesem Umfeld reicht eine mäßige Leidenschaft, um sie als identitätsstiftend zu empfinden. Aber in Wien interessieren sich viele Leute dafür. Meine Identität, mein Kleidungsstil, meine Meinungen, meine Perspektiven, mein Intellekt, alles nichts Besonderes mehr. Die zweite Zigarette schmerzt in der Lunge und schafft dem Selbsthass Abhilfe.

Vor dem Eingang der Ausstellung taucht eine Gruppe auf. Es sind junge Menschen, ebenfalls schwarz gekleidet, mit schönen Gesichtern und weichen Bewegungen. Sie stehen nah genug, damit ich ihren Gesprächen zuhören kann. Nach zehn Minuten weiß ich, dass sie auf ein Mädchen namens Jane warten. Jane kommt oft zu spät, weil sie gerade an einem Projekt arbeitet. Es geht um LSD und Nachhaltigkeit. Wie das zusammenhängt? Anton weiß es auch nicht genau. Ida fragt, ob Anton seine Eltern in Niederösterreich mal wieder besucht hat. Anton sagt nein. Marie fragt, warum. Anton sagt, weil sie die FPÖ gewählt haben. Dann fragt Marie Ida, wie der Rave am Wochenende war. Ida erzählt und dreht sich eine Zigarette. Ab hier verstehe ich nichts mehr, weil Ida mit dem Filter zwischen den Lippen sehr leise redet. Als Jane kommt, umarmt sie alle. Ich denke, sie hatte schon mal was mit Anton. Marie und Jane reden über Kunst, Ida dreht ihre Zigarette fertig, sagt etwas zu Anton.

Ich weiß schon zu viel.

„Entschuldigung."

Anton steht plötzlich neben mir. Ich tue, als wüsste ich nichts über ihn, seine Freunde, seine Eltern.

Er fragt mich sehr nett:

„Hast du ein Feuerzeug?"

Ich stecke meine Zigarette in den Mundwinkel und krame in der Tasche.

„Hier", sage ich.

„Danke."

„Gar kein Problem."

Anton lächelt und sagt:

„Warst du schon in der Ausstellung?"

Seine Nettigkeit überfordert mich, weil ich ihn eben noch in meinem Kopf verurteilt habe. Ida, Marie und Jane schauen herüber und hören mit.

„Ja, war ich."

„Wie hat es dir gefallen?", fragt Anton.

Ich denke an die Hundeschnauze. Die nackten Brüste. Die Muttermilch, die Tropfen. Den kleinen Mann mit den grauen Haaren. Wein, Schweiß, Kokain, Geld, wieder Muttermilch.

„Es war sehr interessant."

Anton wartet, dass ich noch mehr sage. Mein Kopf ist leer.

„Danke. Dir noch einen schönen Abend", sagt er.

„Danke, gleichfalls."

Ida, Jane und Marie lächeln herüber. Dann verschwinden sie gemeinsam in der Ausstellung.

Später in der U-Bahn:

Warum habe ich nicht die Wahrheit gesagt. Ich bin kein reicher, eingebildeter Kunststudent, der alles, was er nicht versteht, gut finden muss. Aber ich will Wien. Es muss einen Grund geben, warum ich so von dieser Stadt geträumt habe. Aber es gibt auch die Angst, sich zu täuschen. Sie ist immer da. Man muss sich daran erinnern, sie wieder zu vergessen, bevor sie den Schädel bewächst. Die Reue vergiftet jedes Glück. Ich will mich endlich wohlfühlen in dieser Stadt. Wenn ich dafür muttermilchtrinkende Hunde gut finden, nur schwarze Kleidung tragen und zum Masturbieren Aktbilder von Klimt benutzen muss, dann soll es so sein.

Als ich nach der Ausstellung in die WG komme, schlafen alle schon. Nur die Katze ist noch wach. Ich nehme sie mit in mein Zimmer, brauche jemanden zum Reden, setze die Katze auf das

Bett. Ihre grünen Augen funkeln mich an. Ich will von meinem Tag erzählen, obwohl es egoistisch ist, sie mit meiner Identitätskrise zu belasten. Egal, dafür werde ich ihr später mehr Futter geben.

„Kannst du dir vorstellen ...", setze ich an und will den biologisch manipulierten Hund erklären. Aber sie sollte das nicht wissen, sondern weiter in ihrer Katzenwelt leben, bestehend aus Fressen, Springen und Spielen. Ich streichele ihr Fell, sie schnurrt sehr laut. Nach zehn Minuten kratzt sie an der Tür und will gehen. Ich hole die Katze zurück auf das Bett und streichele sie weiter. Sie springt wieder herunter und miaut so laut, dass ich Angst habe, meine Mitbewohnerinnen könnten aufwachen. Für einen kurzen Moment habe ich das Bedürfnis, die Katze einzufangen und sie in die Ausstellung zu bringen, damit der kleine, koksende Mann ihr ein bisschen Mitgefühl einpflanzt. Oder ich fliege mit ihr nach China und suche ein KATZENPARADIES.

Nein, natürlich nicht. Als ich sie aus dem Zimmer gelassen habe, ziehe ich das gelbe Hemd aus und werfe es in die Ecke. Dann weiß ich nicht, was ich tun soll und rauche.

„Rauchst du wieder?"

Meine Mutter sieht mich prüfend an. Wir stehen vor dem SUBWAY am Hauptbahnhof. Meine Schwester bezahlt an der Kasse.

„Ich habe nie geraucht, Mama."

„Du weißt, was ich meine."

Ich zucke mit den Schultern. Natürlich hat sie Recht. Seit der verstörenden Ausstellung rauche ich wieder regelmäßig. Meine Schwester kommt mit einer Tüte aus dem SUBWAY. Ich rieche an meinen Fingerspitzen. Nichts.

„Hast du es gerochen?"

„Nein", sagt meine Mutter. Meine Schwester gibt ihr das Wechselgeld.

„Woher weißt du es dann?"

Sie weiß es einfach.

Wir fahren mit der U1 zum Karlsplatz. Ich führe sie in den Resselpark. Es ist ein klarer Tag, die Wiesen sind noch grün. Auf den Parkbänken sitzen viele Menschen. Sie lesen Zeitung und halten ihre Gesichter in die Sonne. Neben dem Eingang zur U-Bahn spielt ein Mann Klarinette. Es ist ein Stück von Mozart oder Beethoven. Über einen Lautsprecher läuft ein Play-back-Song dazu. Der Mann sieht verwahrlost aus. Meine Schwester will ihm Geld geben. Meine Mutter stellt in Frage, ob er wirklich spielt. Unmöglich, denke ich. Der alte Mann trifft jeden Ton. Umso länger wir ihm zuhören, umso mehr glauben wir ihm. Was ist das für eine Stadt, in der sogar Obdachlose Klarinette spielen können.

„Wie heißt die Kirche?", fragt meine Mutter, nachdem wir uns von dem Klarinettenspieler abgewendet haben.

„Das ist die ..."

Ich fühle mich wie in einer Leistungskontrolle.

„Du kennst dich gar nicht aus", sagt meine Schwester von der Seite, holt ihr Handy heraus und öffnet Google-Maps.

„Das ist ...", setzt sie an.

„Die Karlskirche!", sagen wir gleichzeitig.

Gerade noch gerettet. Karlsplatz, Karlskirche, eigentlich naheliegend. Meine Schwester macht ein Foto und lädt es in ihre Instagram-Story. Ich setze zu meinem Referat an, in dem ich ihr erkläre, wie schädlich der Einfluss sozialer Medien auf den Selbstwert und das Konzentrationsvermögen ist. Sie verdreht die Augen. Mit sechzehn Jahren ist das ihr gutes Recht. Meine Mutter schlägt vor, in den ersten Bezirk zu gehen. Ich frage, was wir mit den Koffern machen.

„Mitnehmen", sagt sie. Ihre Unterkunft ist an der Donau, wir würden viel Zeit verlieren.

Als wir die Rollkoffer über den Stephansplatz ziehen, fühle ich mich unfassbar deutsch. Meine Schwester bleibt bei einem

Fiaker stehen und betrachtet die Pferde. Früher mochte sie Pferde sehr gerne. Die Zeit ist vorüber.

„Cool, oder? Wollen wir damit fahren?", sage ich und stelle mich zu ihr.

„Die sehen nicht gesund aus."

Meine Schwester klingt plötzlich sehr erwachsen. Ich denke an die Telefonate mit meiner Mutter, an meine Frage, wie es zu Hause läuft. Die Antwort meiner Mutter: das kann sich stündlich ändern. Jetzt verstehe ich, was sie meint.

„Wollen wir einen Kaffee trinken?", fragt meine Mutter und macht ein Foto von der Hofburg. „Kennst du ein Gutes in der Nähe?"

Meine Leistungskontrolle zum Thema Soziokulturelle Integration in Wien wird fortgesetzt. Mir fällt nichts ein. Ich will die beiden beeindrucken. In meinem Handy finde ich eine Notiz. Café Sperl. Die Empfehlung eines Kommilitonen. Ich war noch nie dort, aber es gibt keine andere Option.

„Wie weit ist es bis dahin?", fragt meine Mutter.

„15 Minuten."

„So weit? Können wir nicht dahin?", sagt meine Schwester und zeigt auf die Starbucks-Filiale. Ich muss mich beherrschen, ihr nicht den nächsten Vortrag zu halten: wir sind in der Welthauptstadt der Kaffeehäuser, eine über Jahrhunderte entstandene Kultur, wir trinken hier keinen von Sirup verseuchten Kapitalismus-Kaffee einer amerikanischen Gastronomiekette.

„Das Café, wo wir hingehen, ist besser."

„Gibt es dort auch Pumpkin Spiced Latte?"

Ich atme durch und sehe zu meiner Mutter. Sie betrachtet eine bronzeverzierte Hauswand, gepackt vom Zauber Wiens. Sie sagt:

„Es ist so schön hier" und ihre Augen leuchten.

Ich frage mich, ob meine Augen auch schon mal so geleuchtet haben, seitdem ich hier bin.

Im Café Sperl sind fast alle Tische belegt. Der Kellner weist uns einen Platz neben der Zeitungsauslage zu. Wir bestellen Wiener Melange, Apfelstrudel und Sachertorte. Der Kellner wirkt gelangweilt. Als er weggeht, empört sich meine Mutter darüber. Ich erkläre ihr, das gehöre zum Wiener Schmäh. Sie fragt:

„Was ist Wiener Schmäh?"

Mündliche Leistungskontrolle, Frage drei. Ich antworte, während meine Schwester im Internet sucht. Sie liest den Wikipedia-Eintrag vor und sagt:

„Du bekommst drei von fünf Punkten."

„Immerhin", sage ich und hole uns Zeitungshalter.

Ich lese den Falter, meine Mutter den Kurier, meine Schwester ist am Handy. Der Kellner bringt Kaffee und Kuchen. An der anderen Seite des Raumes spielt ein Klavier. Es sind sanfte Töne, die sich unter die Gespräche mischen. Ich will den Pianisten sehen. Es ist ein alter Herr in schwarzem Frack. Er spielt ein Stück, dessen Name mir nicht einfallen will. Ich lege die Zeitung weg und lasse meinen Blick durch den Raum schweifen. Ich stelle mir vor, wie die Wiener Gesellschaften hier stundenlang sitzen, Kaffee trinken und sich von der Welt erzählen, und von einem Leben, das sich jedes Mal ein wenig verändert hat, wenn sie nach Hause gehen.

„Naja … ", sagt meine Mutter, nachdem sie eine Gabel der Sachertorte probiert hat. Die Enttäuschung ist ihr ins Gesicht geschrieben. Mein Apfelstrudel ist in Ordnung, die Melange schmeckt ein wenig abgestanden. Nur meine Schwester ist zufrieden. Sie hat ihre Melange mit zwei Päckchen Zucker bestreut und ausgetrunken.

„Seit wann trinkst du Kaffee?", frage ich sie.

„Seit heute."

„Schön", sage ich und grinse.

Wir sitzen noch eine Weile am Tisch. Meine Schwester sucht nach Influencerinnen aus Wien. Meine Mutter erzählt von ihrem Beruf, den sie kündigen will. Sie brauche einen Neuanfang, wolle schauen, was das Leben noch zu bieten hat. Sie fragt mich:

„Wie findest du das?"

Der Klavierspieler macht eine Pause.

„Klingt gut", sage ich und nehme den letzten Schluck Melange. „Aber hast du keine Angst? Ich meine, es könnte anders werden, als du dir vorstellst."

„So ist es halt."

Ich habe nichts entgegenzusetzen. Das Café leert sich. Der alte Pianist geht zur Bar und trinkt ein Glas Wasser. Ich hoffe, dass er weiterspielt.

„Und was hast du in den letzten Wochen erlebt?"

Meine Mutter und meine Schwester warten, dass ich etwas sage. Ich könnte von Partys und neuen Leuten erzählen, von meiner Stimmung, die ungleichmäßig zwischen Euphorie und Verzweiflung schwankt. Ich denke an den koksenden kleinen Mann, seinen muttermilchtrinkenden Hund, an die schönen, dunkel gekleideten Menschen und ihre bedeutenden Gespräche. Ich sage:

„Wir haben eine Katze in der WG. Sie ist echt süß."

Meine Mutter und meine Schwester wissen nicht, was sie mit dieser Information anfangen sollen. Wir bezahlen. Der Pianist nimmt wieder am Klavier Platz und beginnt zu spielen. Ich erkenne die Melodie sofort.

Johannes Brahms, Ungarischer Tanz. Wir gehen durch die Holztür ins Freie. Ein warmer Herbstwind bläst uns entgegen, die Sonne hat ihren Abschied angetreten. Ich wünsche mir, dass die Musik aus dem Café auch draußen ist. Auf dem Weg zur U-Bahn fragt meine Mutter:

„Es gefällt dir hier, oder?"

„Wie kommst du darauf?", frage ich.

Meine Mutter muss wissen, ob ich glücklich bin.

Sie zuckt mit den Schultern. Ich würde gerne rauchen. Meine Schwester läuft hinter uns und summt eine Melodie.

Da Dada Dada Dada.

Es ist Brahms, Ungarischer Tanz. Das Klavierstück aus dem Café Sperl.

Wir schlendern die Straße nach unten.

„Ich denke, es könnte mir hier gefallen" sage ich vor mich hin. Oder zu meiner Mutter.

„Was?", fragt sie.

Meine Schwester summt die Brahms-Melodie von hinten.

„Ich habe gesagt, was wollen wir morgen machen."

„Dahin gehen", sagt meine Schwester und zeigt uns ein Instagram-Reel.

10 Orte, wo du in Wien gewesen sein musst.

Platz eins: die Albertina, das berühmteste Kunstmuseum.

Zwei Tage später.

Ich fahre direkt von der Uni zur Albertina. Das Wetter ist wie im August. Ich bin aufgeregt, irgendwie. An der Treppe warten meine Mutter und meine Schwester. Sie tragen Sonnenbrillen und bunte Blusen. Auf den Stufen kommt uns eine Schulklasse entgegen. Sie quietschen, blödeln herum und sehen so glücklich aus, als hätte man sie gerade aus der Haft entlassen. Die Treppe führt zu einem erhobenen Vorplatz, der von einem asymmetrischen Dreieck überdacht ist. Selbst an einem Wochentag sind hier viele Menschen.

Ich blicke mich um und sehe sie an der Brüstung stehen: die schwarz gekleideten, schönen Menschen, die in Zeitlupe rauchenden Kunstwerke, ihre diskreten Bewegungen. Alles an ihnen ist bereit, um auf dem Film einer alten Kamera zu laufen. Meine Mutter und meine Schwester schauen auch zu ihnen. Ich würde gerne wissen, was sie denken.

Dieses Mal habe ich das safrangelbe Hemd zu Hause gelassen. Stattdessen trage ich ein schwarzes T-Shirt mit Fleetwood-

Mac-Cover, dazu eine schwarze Anzughose und schwarze Stiefel. Wenn meine Mutter und meine Schwester nicht dabei wären, würde ich jetzt eine Zigarette rauchen.

„Kommst du?", rufen sie und sind schon zum Eingang gelaufen.

Wir kaufen ein Familienticket. Die Eingangshalle des Museums ist imposant. Wir fahren in die zweite Etage. Vor dem ersten Ausstellungsraum kündigt ein Text die Gemälde von Monet, Chagall und Picasso an. Meine Mutter und meine Schwester haben keine Lust zu lesen und gehen direkt hinein. Ich stehe in den schwarzen Klamotten da und denke an die Ausstellung vor zwei Wochen zurück. Zum Glück muss ich mir dieses Mal nur Malerei ansehen, keine biologischen Experimente.

Monet, Chagall, Picasso. Die Namen kenne ich aus dem Kunstunterricht. Ich hasste das Fach, weil die Lehrerin meine Bilder immer schlecht bewertete. Nur in der schriftlichen Prüfung über Kunsttheorie bekam ich eine gute Note. Die ganze Klasse war an der letzten Aufgabe verzweifelt. Darin sollte das Gemälde *Guernica* von Pablo Picasso analysiert und interpretiert werden. Im Antworttext schrieb ich über den Krieg, das Leid und die Zerstörung, über eine chaotisch entworfene Bildstruktur, die kubistischen und expressionistischen Elemente, Picassos Glaube an Frieden und Humanität. Bei der Rückgabe der Arbeit lobte die Lehrerin mich und sagte: „Du hast es gefühlt." Ich wollte ihre Anerkennung annehmen, aber konnte es nicht. Ich wusste, dass mein Text bloß eine Aneinanderreihung von intellektuell-poetischen Sätzen war. Es sollte emotional wirken. Tatsächlich hatte Picassos *Guernica* meinen Kopf beschäftigt, aber mein Herz kalt gelassen. Mein Text hatte die Lehrerin vom Gegenteil überzeugt, was es auf eine gewisse Weise noch schmerzhafter machte.

Als ich die ersten Gemälde in der Albertina betrachte, versuche ich nicht mehr daran zu denken. Ich verstehe nichts von Kunst. Ich weiß nicht, wie ich sie anschauen soll. Ich laufe vorwärts, bleibe stehen, schaue und warte, fühle nichts, laufe weiter.

Da ist die *Schläferin mit Blumen* von Marc Chagall. Es gefällt mir recht gut.

Paul Signacs *Venedig* wäre ein passendes Hintergrundbild für den PC.

Die *Vögel und Insekten* von Joan Miro sehen harmlos aus, sind aber sehr politisch.

Vor Claude Monets *Seerosenteich* stehen die meisten Leute. Es sind Touristen. Sie machen Selfies vor dem Gemälde, sind wegen TripAdvisor hier. Sie zelebrieren das Berühmte, ohne sich eine Meinung zu bilden. Sie inszenieren ihre digitale Fremdwahrnehmung mit Kunst. Für sie ist Wien ein Wochenende, für mich sind es Jahre. Ich will in den Bildern versinken, doch etwas treibt mich nach oben. Die Farben und Formen sind wie vergessene Einladungen, das Warten an einer verschlossenen Tür, die Vorstellung von Schritten. Doch plötzlich passiert es:

Ich stehe an einer Felsenküste. Es ist kalt. Unter meinen Füßen schmilzt der Schnee und die ersten Pflanzen kriechen hervor. Vor mir liegt ein graublaues Meer. Es hat dieselbe Farbe wie der Himmel. Am Horizont laufen sie ineinander. In der Ferne zieht ein Schiff vorbei. Ich habe diesen Ort noch nie gesehen. Aber ich kenne ihn, war schon einmal hier, schließe die Augen, es wird dunkel. Das Meer verschwindet. Ich spüre den Schnee unter meinen Füßen. Jetzt sehe ich das Dorf vor mir. Wie ich nach Hause komme, ein langer Schultag, bald steht die Abschlussprüfung an. Der Weg zu unserem Haus führt an der Kirche vorbei. Ich bleibe auf dem Hof stehen. Im Wohnzimmer brennt Licht, es geht etwas vor sich. Wenn ich hineingehe, wartet die Gewissheit: Betrug, Trennung, Auszug. Solange ich auf dem Hof stehe, ist es noch nicht passiert.

Das ist der Augenblick vor dem Augenblick.

Ich wusste nie, dass es ihn gab.

Ich öffne die Augen und spüre ihn am Horizont über dem graublauen Meer -

das Bild, vor dem ich stehe, heißt *Winterlandschaft*. Edvard Munch malte es 1915 in seiner Heimat Norwegen. Zuvor hatte er viele Jahre in Deutschland und Frankreich verbracht. Ich kann nicht aufhören, es anzusehen. In den nächsten Räumen sind Werke von Francis Bacon und Henri Matisse ausgestellt. Aber die *Winterlandschaft* von Edvard Munch geht mir nicht mehr aus dem Kopf. Nachdem ich alle Ausstellungsräume abgelaufen bin, gehe ich zurück. Auf die Felsenküste, an das graublaue Meer. Ich schließe wieder die Augen, spüre wieder den Schnee unter meinen Füßen, bleibe wieder auf dem Hof stehen, sehe wieder das Licht im Wohnzimmer und gehe nicht hinein, bis es zu kalt wird.

Als ich draußen bin, sehe ich meine Mutter und meine Schwester an der Brüstung. Sie sonnen sich. Auf dem Vorplatz stehen Touristen und dunkel gekleidete, rauchende Menschen. Ich laufe an ihnen vorbei.

„Wie hat es euch gefallen?"

„Gut. Und dir?", entgegnet meine Mutter.

Ich will ihnen erzählen, was ich gesehen habe. Sie kennen den Schmerz. Er gehört uns allen.

„Mir hat es sehr gut gefallen", sage ich.

Wir gehen die Treppe hinunter. Es wird Abend.

Später, als ich in meinem Zimmer liege, sehe ich die *Winterlandschaft* immer noch vor mir. Die Katze kommt hinein und hüpft auf das Bett.

„Etwas von mir ist dortgeblieben, verstehst du?", sage ich zu ihr.

Sie sieht mich an. Ich streichele ihren Rücken. Sie schnurrt und bleibt noch eine Weile.

Ich denke, sie versteht es.

KUNST??

Meine Mutter und meine Schwester waren eine Woche in Wien. Heute ist der Tag ihrer Abreise. Ich will sie noch mal sehen, bevor ich wieder allein bin. Wir treffen uns am Opern-Ring. Ich sitze in der Straßenbahn und sehe mein Gesicht in der Fensterscheibe. Unter den Augen sind dunkle Ringe, zwischen den Brauen die erste Falte, außerdem ist meine Kopfhaut sehr blass. An den Wangen habe ich zugenommen, auch am Bauch ist mehr Fett. Wer gefällt sich schon selbst, denke ich und schaue mir die Bilder an, welche meine Mutter in den letzten Tagen gemacht hat. Auf einem stehe ich mit meiner Schwester vor der Albertina. Mein Gesicht ist rot und aufgedunsen. Der Eindruck aus dem Bahnfenster hat nicht getäuscht. In meiner Galerie finde ich ein Foto aus dem Sommerurlaub vor zwei Jahren. Damals waren meine Oberarme definierter, der Bauch flacher und die Stirn noch glatt. So müsste ich wieder aussehen. Als die Straßenbahn hält, habe ich mir einen Plan gemacht: mehr Gemüse, weniger Kaffee, mehr Schlaf, keine Zigaretten, ganz einfach. Morgen werde ich zum Sport gehen, oder gleich heute, wenn ich meine Mutter und meine Schwester zum Zug gebracht habe. Wenn ich den Plan umsetze, werde ich mich besser fühlen. Nur das Halskratzen beunruhigt mich. Ich habe es seit ein paar Tagen, nach dem Aufstehen war es besonders schlimm. Jetzt krank zu werden, wäre sehr schlecht. Für meinen Körper, und alles andere.

Gegen 12 Uhr bin ich am Oper-Ring. Meine Mutter und meine Schwester sitzen auf einer Bank. Ihre Koffer stehen daneben. Uns bleiben noch zwei Stunden, bis sie zum Hauptbahnhof müssen. Die Tage sind schnell vergangen. Ich überlege, was wir mit der verbliebenen Zeit machen können und schlage vor, einen Kaffee zu trinken. Meiner Schwester gefällt die Idee. Wir gehen mit den Koffern Richtung Burggasse. Am Museumsquartier bleibt meine Mutter stehen.

„Wir können auch hier noch mal reinschauen."

„Ne, kein Bock."

Meine Schwester verdreht die Augen.

„Eine gute Idee, Mama", sage ich. „Im Leopold-Museum sind viele Wiener Künstler ausgestellt."

„Tu mal nicht so, als ob du dich auskennst", entgegnet meine Schwester. „Ich warte hier."

Nach ein wenig mütterlicher Magie gehen wir zu dritt in den Innenhof. Dort kreuzt ein altes Ehepaar unseren Weg. Der Mann sieht sehr gebrechlich aus, er stützt sich beim Gehen auf einen Stock. Seine Kleidung wirkt jugendlich, er trägt das Haar schulterlang und hat die Augen hinter einer Sonnenbrille versteckt. Etwas an ihm erinnert mich an Robert Geiss. Seine Frau hat eine blondierte Föhnfriseur, in ihrem Gesicht schimmert das Make-up. Sie geht im vorsichtigen Tempo ihres Mannes und stützt ihn von der Seite. Wir beobachten die beiden im Vorbeigehen. Plötzlich kracht es hinter uns.

Der alte Mann liegt am Boden. Sein Krückstock hat sich in einem Werbeaufsteller verhakt. Die Frau schreit auf, bückt sich herunter, aber schafft es nicht ihn hochzuziehen. Wir kommen dazu, greifen dem alten Mann unter die Arme. Er ist etwas benommen. Als er wieder steht, sagt er:

„Es geht mir gut."

Die Frau ist sehr aufgeregt, streicht ihm durch das Haar, begutachtet ihn von oben bis unten. Sie will sich vergewissern, dass nichts passiert ist.

„Haben sie vielen Dank!", sagt sie zu uns.

„Kein Problem."

Meine Mutter und ich sind überfordert.

„Wissen sie, wir sind fast 90. Er ist schwer krank", sagt die Frau und streicht ihrem Mann das Haar zurecht. Ich frage mich, wie oft sie das in ihrem Leben schon gemacht hat.

„Wie schön, dass sie trotzdem etwas unternehmen", sagt meine Mutter.

Die Frau lächelt. Ihr Gesicht ist voller Lebendigkeit.

„Wissen sie, wir mussten wieder rausgehen. Die letzten zwei Jahre waren schrecklich. Corona, sie wissen schon."

Meine Mutter und ich nicken.

„Man kann ja nicht die ganze Zeit zu Hause sitzen. Da weinen wir immer so viel", sagt die Frau. Der Mann bedankt sich ein letztes Mal, dann gehen sie weiter. Wir blicken ihnen nach. Es sieht aus, als könnte er jeden Moment fallen. Nur der Anmut hält ihn aufrecht. Wir entscheiden uns für das Leopold-Museum, stellen uns an der Kasse an, kaufen Karten, geben die Jacken ab und verschließen die Koffer in einem Spind. Als meine Mutter, meine Schwester und ich in die Ausstellung gehen, hat es das alte Ehepaar bis zur Eingangstür geschafft.

Dieses Mal kann ich mich auf die Bilder einlassen. Das Leopold-Museum zeigt die Wiener Kunst des frühen 20. Jahrhunderts. Es ist eine Zeit des Umbruchs, die Abwendung von Landschaftsmalerei und Porträts, hin zum Expressionismus. Die Räume sind mit Gemälden und Skulpturen gefüllt. Ich lese die Erklärungstexte, betrachte alles und warte, bis ein Kunstwerk mich ergreift, wie es die Winterlandschaft von Edvard Munch getan hat. Im Verlauf der Ausstellung tauchen zwei Namen immer wieder auf. Gustav Klimt und Egon Schiele. Klimt ist mir geläufig. Von Egon Schiele weiß ich nichts.

In der Museumsbroschüre steht etwas über ihn. Egon Schiele wird als Sehender, Wissender beschrieben. Die Rede ist von Reflexion der eigenen Existenz, der Künstler als Medium einer intensiven Wirklichkeitsempfindung. Die Wiener haben ein besonderes Verhältnis zu ihm.

Er wird ihr bedeutendster Expressionist - nachdem er sein Studium an der hoch angesehenen *Akademie der bildenden Künste* abbricht. Das Leopold-Museum widmet Egon Schiele mehrere Räume. In den Sätzen, die ihn ankündigen, steckt Bewunderung und Ehrfurcht. An manchen Stellen lesen sie sich wie Warnungen. Ich will endlich die Bilder anschauen.

Zuerst sind seine Zeichnungen ausgestellt, dann folgen die Gemälde. Nach kurzer Zeit habe ich alles gesehen. Ich weiß nichts mit Schieles Bildern anzufangen. Sie sind abstoßend. Ich stehe vor ihnen wie an einem verlassenen Bahnhof: der Zug kommt nicht, die Laternen erlöschen, nur schwerer Regen bleibt. Ein Anruf auf meinem Handy reißt mich raus. Unbekannte Nummer. Ich stelle mich abseits und flüstere ins Mikrofon.

„Hallo?"

„Guten Tag, hier ist Frau Meier vom BAföG-Amt München."

Das heißt nichts Gutes. Frau Meier sagt, dass mein BAföG-Antrag nicht fristgerecht eingegangen sei. Die Kunst wird schlagartig bedeutungslos. Frau Meier sagt, auf Formblatt sieben seien die Zeilen 25-32 nicht ordnungsgemäß ausgefüllt.

„Außerdem sind die Gehaltsnachweise ihrer Eltern unvollständig. Und ihnen sollte bewusst sein, dass ein online generierter Kontoauszug keine Rechtsgültigkeit besitzt."

Ich erkläre ihr, dass ich für den Ausdruck meiner Kontoauszüge zu einer Bankfiliale nach Deutschland fahren müsste. Frau Meier verbittet sich jede Widerrede.

„Wenn die Unterlagen bis nächste Woche nicht eingehen, haben sie keinen Anspruch auf finanzielle Förderung."

Ich frage Frau Meier, ob sie meine Frist verlängern kann. Sie sagt, nein. Ich schalte das Mikrofon meines Handys für fünf Sekunden aus. Ein paar Besucher drehen sich zu mir um. Anscheinend bin ich lauter geworden.

„Auf Wiedersehen", sagt Frau Meier.

„Schönen Tag noch", sage ich.

So eine blöde Kuh. Ohne BAföG-Darlehen werde ich die nächsten Monate in Wien nicht überleben. Das restliche Geld auf meinem Konto besteht aus der Kaution meines Zwischenmieters. Das sind 1000 Euro, die ich nach fünf Monaten zurückzahlen muss. Ich denke darüber nach, ob der Zwischenmieter vielleicht mein Keyboard kaputtmacht. Dann könnte ich 300 Euro behalten. Das wäre eine pragmatische Finanzierung. Nach dem Gespräch mit Frau Meier schwillt in mir die nächste Existenzkrise an. Die seltsamen Bilder von Egon Schiele sind die passende Umgebung dafür. Ich unternehme einen neuen Versuch, sie auf mich wirken zu lassen. Nach fünf Minuten bekomme ich wieder einen Anruf. Dieses Mal ist es meine Mutter. Sie sagt:

„Wo bleibst du. Wir müssen los. Der Zug kommt gleich."

Gleich bedeutet in ihrer Zeitrechnung eine Stunde. Ich will diskutieren.

„Ja, ich komme gleich."

Der Museumsbesuch fühlt sich verschwendet an. Ich gehe ins Foyer und hole meine Jacke. Die Kunst hat mich nicht ergriffen, sondern verwirrt. Es ist deprimierend, wie schnell sie im Angesicht der Realität ihre Bedeutung verlieren kann. Es ist noch deprimierender, dass die Stimmung einer deutschen Beamtin größeren Einfluss auf meinen Seelenzustand hat als jede weltberühmte Malerei. Vielleicht war meine Erfahrung mit der *Winterlandschaft* nur eine Ausnahme. Im Foyer sehe ich das alte Ehepaar. Sie sitzen auf einer Bank. Der Mann lehnt an seiner Frau. Ich nicke ihnen im Vorbeigehen zu und frage:

„Alles in Ordnung?"

„Aber ja. Er muss sich nur ein wenig ausruhen", sagt die Frau und streicht ihrem Mann durch das Haar.

Er sieht müde aus.

Draußen ist strahlender Sonnenschein. Wir fahren mit der U-Bahn zum Hauptbahnhof, ich ziehe den Koffer meiner Schwester. Uns bleibt eine halbe Stunde.

„Wollen wir etwas essen?", fragt meine Mutter.

„Subway", sagt meine Schwester entschieden.

„Ist das ok für dich?"

Meine Mutter sieht mich an.

Ich weiß es nicht. Weil sie bezahlt, spare ich mir das Geld für eine Mahlzeit. Andererseits habe ich mir vor vier Stunden einen Plan gemacht, der gesunde Ernährung vorsieht. Ich denke darüber nach, einen Salat zu bestellen, während meine Schwester erklärt, welche Kombinationen aus Brot, Soße und Fleisch am besten schmecken. Wir stehen an der Kasse.

„Bei ihnen?", fragt die Bedienung.

„Philly Beef mit Oreganobrot und Spicy Sauce, bitte."

Es ist eine Entscheidung gegen meinen Körper und für meinen Kontostand. Wir suchen einen Tisch und stellen die Koffer ab. Während des Essens schweigen wir. Es ist eine Angewohnheit aus den Jahren im Dorf. Wir konnten sie nie ablegen.

„Hat dir das Museum gefallen?"

Meine Mutter beißt in ihr vegetarisches Sandwich.

„Ja, schon. Welches fandest du besser?"

„Albertina."

Ich stimme zu.

„Ich fand das Café am besten", sagt meine Schwester.

Seitdem sie eine Melange getrunken hat, bestellt sie überall Cappuccino mit zwei Päckchen Zucker. Auf ihrem Instagram-Profil gibt es jetzt ein Story-Highlight mit der Unterschrift VIENNA. Darin sind Bilder von der Hofburg, dem Prater, der Albertina und dem Kaffeehaus.

„Was hast du für den Rest der Woche geplant?", fragt meine Mutter.

Ich habe mein Philly-Beef-Sandwich fast aufgegessen.

„Vielleicht gehe ich wieder in eine Ausstellung."

Nach dem Tag in der Albertina hatte ich mir vorgenommen, die anderen Kunstmuseen in Wien zu besuchen, im Glauben daran, die Malerei für mich zu entdecken. Das Einleben in dieser Stadt würde mir besser gelingen, wenn ich Orte finde. Orte wie die *Winterlandschaft*.

„Klingt gut", sagt meine Mutter.

Ich könnte ihr von meiner unbefriedigenden Auseinandersetzung mit Egon Schiele erzählen. Stattdessen stopfe ich mir den Rest des Philly-Beef-Sandwiches in den Mund und bin still. Es ist besser für alle. Meine Schwester schafft die Tabletts weg. Ich schaue durch das SUBWAY-Fenster in die Bahnhofshalle, mein Gesicht spiegelt sich im Glas. Ich will es nicht anschauen. Mein Bauch tut weh. Wir müssen zum Gleis.

Als wir die Rolltreppe nach oben fahren, denke ich an meine Ankunft in Wien. Seitdem ist ein Monat vergangen. Am Gleis warten viele Reisende. Der Zug fährt ein. Meine Mutter und meine Schwester greifen nach ihren Koffern. Mit ihnen habe ich mich in dieser Stadt das erste Mal wohlgefühlt. Ich hätte das sagen müssen, als wir im SUBWAY saßen. Jetzt sind wir schon zu traurig. Der Zug hält. Die Türen gehen auf. Ich trage den Koffer meiner Schwester ins Abteil. Sie suchen ihre Plätze, während ich an der Tür warte. Mir bleiben drei Minuten, um nach den richtigen Worten zu suchen. Obwohl wir uns bald wiedersehen, fühlt sich der Abschied endgültig an. Ich bin zu erwachsen, um sentimental zu werden, aber kann nichts dagegen tun. Zuerst umarme ich meine Schwester, dann meine Mutter, dann sage ich:

„Wir sehen uns."

Der Zug setzt sich langsam in Bewegung. Sie fahren davon, ich bleibe, gehe zur S-Bahn. Alles fühlt sich dumpf an. Ich weiß nicht, ob ich Musik hören will, schaue in den Himmel. Die Wetter-App sagt Regen und Wolken voraus. Auf dem Weg in die Traisengasse muss ich an das alte Ehepaar denken. Sein Sturz, ihre Worte: *zu Hause weinen wir so viel*. Hinter diesem Satz verliert alles an Bedeutung. Sogar Frau Meier vom BAföG-Amt. In der WG mache ich mir einen Kaffee, danach laufe ich zur Donau. Ich brauche Bewegung vor den Augen. Im Wasser treibt ein Stück totes Holz. Perfekt.

Die Tage ziehen vorbei. Jeden Morgen wache ich müde auf, esse zuckerreduziertes Müsli und trinke Kaffee, bis mir die Hände zittern. Ich schleppe mich zur U2 und komme zu spät in die Seminare. Jeden Morgen suche ich nach der richtigen Musik, um gute Laune zu bekommen. Mit Falco auf den Ohren wird mir alles egal, manchmal ist er zu cool für mich. Mit Annenmaykantereit darf es mir schlecht gehen. Wenn ich Keinemusik höre, holt mich die Sommermelancholie ein. Am öftesten läuft der Song *L.OST* von Von Wegen Lisbeth.

Wieder völlig Lost, Lichterfelde Ost, und ich bin allein.

Ich bin zwar nicht in Berlin, dafür treffen es die nachfolgenden Liedzeilen umso mehr.

Noch schlimmer wird es, wenn ich für praktische Kurse ins Krankenhaus muss. Dann sitze ich 6:30 Uhr in der U-Bahn und möchte niemanden hören, außer Bill Evans, wenn er die Jazz-Nummer *Blue in Green* spielt. Im Krankenhaus gibt es eine Morgenbesprechung. Ich muss anwesend sein. Mit etwas Glück kann ich nach dem Mittagessen gehen. Am Nachmittag ist die Teilnahme an virtuellen Seminaren verpflichtend. In den ersten Wochen verfolge ich sie am Laptop. Irgendwann gehe ich dazu über, sie auf dem Handy in der Hosentasche stattfinden zu lassen. Ich habe ein schlechtes Gewissen, bis die Chats in der Erasmus-WhatsApp-Gruppe mir klarmachen, dass die anderen hier maximal Cocktail-Karten und Club-Line-Ups studieren.

Am Mittwoch gehe ich mit meinen Mitbewohnerinnen ins LOCO. Es war ihre Idee. Ich nehme mir vor, nicht viel zu trinken. Nach zehn Minuten werfe ich diesen Plan über den Haufen. Ohne Alkohol kann ich den Mallorca-Hits des Ü-50-DJs nicht länger zuhören. Ich bestelle einen Long Island Ice Tea, damit sich mein Körper zu *Das rote Pferd* wenigstens ein bisschen bewegt. Nach dem zweiten Glas wird die Musik besser, nach dem dritten ist sie gut. Der Club wird genauso voll wie ich. Meine Mitbewohnerinnen sind verschwunden. Ich ziehe allein umher, gehe in den Außenbereich, will rauchen, darf nicht. Ich habe meine Marlboro Gold zu Hause gelassen, weil das Kratzen im Hals seit ein paar Tagen schlimmer geworden ist. Ich muss gesund bleiben. Aber eine Zigarette wird daran nichts ändern. Ich bekomme sie von einer Architektur-Studentin aus Vorarlberg. Wir unterhalten uns über die Netflixserie *Dahmer*. Ihr Dialekt ist brutal. Ich verstehe kaum etwas und muss mir ihre Aussagen über die englischen Wörter erschließen, welche sie ab und an verwendet. Irgendwann verabschieden wir uns. Ich gehe zu einer anderen Gruppe und lasse mir die nächste Zigarette – oder Tschick, wie es hier heißt – geben. Der alkoholbedingte Verlust meiner sozialen Hemmung ist auf einem optimalen Niveau, bis mir kalt wird. Auf der Tanzfläche finde ich meine Mitbewohnerinnen wieder. Sie sind nüchtern und wollen nach Hause. Wir rauchen noch eine Zigarette, bevor der Bus kommt. Ich schlafe an der Scheibe ein. Alles dreht sich. Die Getränke im LOCO waren sehr billig. Wahrscheinlich bekommen die ihren Alkohol aus der Zapfsäule.

Am nächsten Tag habe ich einen monumentalen Kater. Mein Gesicht ist aufgequollen und der Hals kratzt. Natürlich kratzt er. Ich schleppe mich in die Uni, gehe wieder nach Hause, liege nur im Bett. Pünktlich zum Wochenende bin ich endgültig krank. Halsschmerzen, Kopfschmerzen, Gliederschmerzen, Husten, Fieber, Schwäche. Aufstehen, Einkaufen, Essen kochen, alles zu viel. Aber ich habe keine Zeit, um krank zu sein! Ich muss rausgehen und die Stadt erkunden. Ich muss Leute kennenlernen, ein soziales Umfeld aufbauen. Freunde finden, bevor der Winter kommt. Es ist Wochenende, die Sonne scheint, in der Erasmus-WhatsApp-Gruppe wird ein Kennenlern-Event beworben. Außerdem veranstaltet meine Uni am

Samstag eine Semester-Opening-Party. Ich liege unter der Bettdecke, trinke Tee und lese die Chats mit.

It's gonna be so nice.

PARTYTIME.

I will bring all my friends.

Everybody will get a free shot.

The place looks amazing.

Das kann nicht wahr sein. Ich will mich aufregen über meinen kranken Körper, über die Zigaretten im LOCO, über meine schlechte Ernährung, das Fett an meinem Bauch. Aber ich habe keine Kraft, nicht einmal dafür. Ich muss schlafen.

Am Samstag wache ich früh auf und liege den ganzen Tag im Bett. Die Katze besucht mich in unregelmäßigen Abständen. Ich kann ihr kein Fressen geben, nur halbherzige Streicheleinheiten. Sie ist schnell wieder fort. Ich bin einsam. Es gibt einen Unterschied zwischen der Einsamkeit und dem Alleinsein. Man kann sich aus der Welt wünschen, um mit sich selbst zu sein. Man kann mehrere Tage mit niemandem reden, nur beobachten und denken. Es ist ein selbst gewählter Zustand, den man jederzeit beenden kann, solange es Menschen gibt, die einen daraus befreien können. Erst wenn es diese Menschen nicht gibt und das Ende des Alleinseins nicht dem eigenen Willen unterliegt, ist man wirklich einsam. Im Alleinsein kann sich das Erlebte ordnen, es bilden sich neue Perspektiven aus. In der Einsamkeit wird man vom eigenen Denken erstickt. Ich befinde mich irgendwo dazwischen. Es gibt zwei Dinge, welche diesen Zustand für eine begrenzte Zeit erträglich machen.

Social Media und Cannabis.

Das Cannabis müsste ich rauchen, was im Angesicht meines Gesundheitszustandes dumm wäre. Um Social Media zu konsumieren, muss ich nur mit meinem Daumen über den Bildschirm streichen. Der einzige Nachteil sind die Benachrichtigungen von WhatsApp: in die Erasmusgruppe werden Bilder von der Party geschickt. Ich will sie mir nicht anschauen, mache es trotzdem. Irgendwann schalte ich auf stumm und verbringe den Samstagabend mit meinen drei guten Freunden: Instagram-Reels, Facebook-Kommentare, YouTube-Shorts. Bis 3 Uhr nachts scrolle ich am Handy. Der Abstand zwischen dem Bildschirm und meinen Augen sinkt auf 1,75 Zentimeter. Nach diesem mehrstündigen Blaulichtsolarium schlafe ich schlecht.

Am Sonntag geht es mir besser. Ich bin nicht gesund, aber kräftig genug, um ein paar Stunden rauszugehen. Durch das Zimmerfenster strahlt der Himmel in depressivem Grau. Auf dem Schreibtisch liegt meine To-do-Liste. Bis morgen muss ich Frau Meier alle BAföG-Unterlagen zusenden. Ich denke an ihren Anruf, das Leopold-Museum, den Abschied von meiner Mutter und meiner Schwester. Die Bilder von Egon Schiele tauchen in meinem Kopf auf. Seit dem Leopold-Museum habe ich nicht mehr an sie gedacht. Jetzt sind sie da. Ich weiß nicht warum. Es muss einen Grund geben.

Um 13 Uhr schaffe ich es mit der Hilfe von Kaffee, Falco und Aspirin aus dem Haus. Ich nehme die S-Bahn, verstecke mein Gesicht hinter einem Schal, atme schwer. Das Ziel: Schloss Belvedere. Dort hängen Bilder aus der Wiener Moderne. Egon Schiele auch. In der Bahn lese ich einen Artikel über Schieles Leben. Sein Vater stirbt, als er vierzehn Jahre alt ist. Vorher treibt den Vater die Syphilis in den Wahn, in einer Nacht verbrennt er alle Ersparnisse der Familie im Kamin. Schiele ist traumatisiert, sein Leben wird von Krankheit gezeichnet. Er verendet vor seinem dreißigsten Lebensjahr an der Spanischen Grippe. Es ist absurd, dass ich mich plötzlich mit Egon Schiele identifiziere, weil ich erkältet und unzufrieden bin. Die S-Bahn hält in Wien-Mitte. Menschen steigen ein. Snackautomaten, Werbung, Asphalt, Handtaschen, Koffer, Lippenstift, Nachrichten, Werbung, Häuser, Stiefel, Autos. Ich kann es nicht mehr sehen.

Der Weg zum Schloss Belvedere führt durch einen botanischen Garten. Die ersten Besucher kommen mir entgegen. Sie sind aus Asien oder Osteuropa. Vor dem Schloss zeigt sich der Wiener-Wochenend-Tourismus in seiner vollen Blüte. Glänzende iPhones in Selfie-Sticks, daneben schreiende Kinder, bellende Hunde, Regenschirme, Eiscreme. Die Warteschlange an der Kasse reicht bis aus der Tür heraus. Ich stöpsele mir Kopfhörer in die Ohren. Die Ausgangsbedingungen für einen sinnstiftenden Museumsbesuch sind schlecht. Ich versuche es auszublenden.

Die Atmosphäre im Belvedere ist anders als im Leopold Museum oder der Albertina. Auf dem Boden liegt dunkles Parkett, die Decken sind mit cremefarbenem Stuck verziert, das Raumlicht ist dunkler. Es gibt viele Fenster mit kaiserlichem Ausblick über die Stadt. Die Ausstellung beinhaltet auch ältere Gemälde. Sie stammen aus dem Barock, zeigen Krieg, Trauer und die österreichische Natur. Hinter mir quengelt ein Kind unaufhörlich. Die Mutter schimpft auf russisch und telefoniert weiter. Ich presse die Kopfhörer tiefer in meinen Gehörgang. Der Frost schüttelt mich. Warum bin ich nicht einfach zu Hause geblieben. Im nächsten Raum sind Bilder von Gustav Klimt zu sehen. *Der Kuss.* Dafür sind die Leute hier. Sie umzingeln das Bild, stellen die Pose nach, fotografieren sich damit. Es steht ihnen frei. Wer bin ich, darüber zu urteilen: in der Woche rauche und saufe ich bis zur Erschöpfung, am Wochenende werde ich gejagt von der Angst, etwas zu verpassen, am Sonntagnachmittag suche ich in einem Museum nach Bedeutung. Ich bezahle Eintritt und stelle Erwartungen. Die Kunst soll mich ergreifen und meinen Weltschmerz lindern. Aber die Klimt-Bilder sind zu schön dafür. Ich gehe weiter. Dann kommt Schiele.

Zuerst *Die Umarmung*, dann *Tod und Mädchen*, im nächsten Raum die *Hauswand*. Verschmiertes Braun. Das Rot verwelkter Rosen, durchmischt mit Erde, aus tiefen Wäldern und flachen Gräbern. Egon Schieles Bilder sind keine Bilder für ein Museum. Sie sollten auf Dachböden stehen, eingewoben in Spinnennetze. Sie sollten in feuchten Kellern hängen und nur bei

Mondschein sichtbar sein. Sie sollten in einem Raum stehen, für den es keinen Schlüssel gibt. Ich bin diesen Bildern ausgeliefert. Egon Schiele zeigt seinen nackten Körper, greift in meinen und holt das heraus, was ich nicht fühlen will. Ich schaue ihn an, er steht vor mir und verschwindet, bis ich nur noch mich sehe.

Nach der Ausstellung gehe ich in den Museumsshop. Es gibt die bekanntesten Schiele-Bilder als Poster zu kaufen. Ich nehme einen Druck von der *Hauswand* mit und gehe nach draußen. Es ist grau und kalt, der Schlossgarten ausgeleert. Ich laufe an den perfekt geschnittenen Wiesen vorbei und spüre meine Erschöpfung. Auf dem Weg zur U-Bahn ruft meine Mutter an. Ich kann ihr nicht zuhören und will am liebsten auf der Parkbank einschlafen.

Am Abend schaue ich den Spielfilm *Tod und Mädchen*, eine österreichische Produktion über Schieles Leben. Noah Saavedra spielt ihn genial. Er stirbt einen tragischen Tod, weil seine Schwester das heilsbringende Chinin nicht rechtzeitig vom Prater Schwarzmarkt besorgen kann. Nach dem Film bin ich aufgewühlt und schalte auf Sportfernsehen um. Spanische Liga. Real Madrid. Ich sehe Toni Kroos zu, wie er 90 Minuten lang perfekte Pässe spielt. Nichts ist beruhigender. Vor dem Zubettgehen hänge ich die *Hauswand* von Egon Schiele neben meinem Spiegel auf. Es ist das einzige Poster in dem Zimmer. Der Transport aus dem Museum hat es zerknittert. Ich will es nicht wirklich anschauen, es soll nur da hängen.

In der Nacht bin ich dort.

Hinter der *Hauswand*.

Im Haus.

Der Regen schlägt gegen die Scheibe. Am nächsten Morgen sind nur noch kleine Tropfen übrig. Sie rieseln vom Dach und werden zu Dampf. Ich rieche ihn durch das offene Fenster, stelle mich vor den Spiegel und sehe.

AUS DER DUNKELHEIT

Hans möchte nicht aus dem Fenster sehen. Überall ist nur Wiese. Manchmal hat sie rote oder gelbe Flecken. Ein schmaler Bach taucht am Straßenrand auf. Er führt kaum Wasser und schlängelt sich ein paar Kilometer bis zu einer Windmühle. Sie wurde sicherlich schon für Postkarten fotografiert.

„Schau, eine Kuh", sagt Horst.

Horst sitzt vorne auf dem Beifahrersitz. Er versucht seit einer Stunde, Hans in Stimmung zu bekommen. Der Hans macht nie ein Geheimnis daraus, wenn er keine Lust hat. Aber es gehört zu Horsts Beruf, den Hans von guten Dingen zu überzeugen.

„Ich weiß, wie Kühe aussehen", nuschelt Hans von der Rückbank. Er legt die Füße auf das Polster und kramt in der Innentasche seiner Büffellederjacke. Jeden anderen hätte Horst für so ein Benehmen zurechtgewiesen. Wenn es um Hans geht, ist sein Geduldsfaden sehr lang.

Click

Horst dreht sich um. Hans hat seine große, schwarze Sonnenbrille aufgesetzt. Er grinst provokant. Das Klicken kommt von seinem Feuerzeug. Er hält eine glühende Zigarette in den Händen. Der Geruch füllt den Innenraum des Autos.

„Das ist ein Mietwagen", sagt Horst.

Hans ignoriert ihn, legt den Kopf an die Scheibe, schaut ins Nirgendwo.

„Hans, bitte", sagt Horst und fixiert ihn im Rückspiegel. Es vergehen fünf stille Sekunden, in denen sie einander anschauen, Horst mit seinen ruhigen, braunen Augen, Hans durch seine dunklen Gläser. Der Zigarettenrauch steigt an die Decke. Der Fahrer fängt an zu husten. Horst schaut in sein viel zu junges Gesicht. Seitdem sie vom Flughafen losgefahren sind, hat der Fahrer nichts gesagt. Horst hat die niederländische Taxifirma gebeten, jemanden mit Erfahrung zu schicken. Stattdessen sitzt ein nervöser, hustender Junge am Steuer. Außerdem ist sein Anzug an den Schultern zu groß.

„Mach wenigstens ein Fenster runter, Hans." Horst versucht, ruhig zu bleiben.

„Was soll ich hier bei den Kasrollern, verdammt!", brüllt Hans von hinten.

Er schlägt gegen das Sitzpolster und zieht von der Zigarette.

Der Fahrer hustet ununterbrochen. Im Radio läuft *The Wild Boys* von Duran Duran. Horst dreht sich zu Hans um. Der sitzt im Rauch, mit der Zigarette im Mundwinkel.

„Ich habe es dir erklärt. Wir fahren zu den Brüdern, ziehen das Ding durch, verschwinden wieder."

Der Fahrer hustet, als würde er sich gleich übergeben. Als er sich nach vorne lehnt, kommt das Auto aus der Spur.

Wild Boys never choose this way.

Hans singt von der Rückbank mit. Er genießt das Chaos. Horst beugt sich über den Fahrer, kurbelt die Scheibe herunter, greift ins Lenkrad. Die Räder des BMW berühren den Schotter am Straßenrand. Hans singt:

Wild Boys never close your eyes.

Wild Boys always shine.

Endlich hört der Fahrer auf zu husten und lenkt das Auto in die Spur. Horst steht der Schweiß auf der Stirn. Er dreht sich zu Hans um. Wegen ihm wären sie beinahe draufgegangen.

„Bin ja schon fertig", sagt dieser, kurbelt die Scheibe runter und wirft seine Zigarette raus. Horst würde am liebsten explodieren.

„Ich brauche mal frische Luft", sagt Hans und hält seinen Kopf aus dem Fenster. Er sieht den glühenden Zigarettenstummel über den Asphalt hüpfen. Der Wind schlägt ihm entgegen.

Es riecht nach Regenwasser, Harz, Gänseblümchen. Hans denkt an den Wienerwald, die langen Spaziergänge über aufgesprungene Wurzeln. Im Wienerwald hat Hans nie Kopfschmerzen. Es ist der einzige Ort, an dem er kein Lexotanil braucht, damit ihn die Welt in Ruhe lässt.

Horst hat das Radio ausgemacht. Im Auto - ein gelber BMW - herrscht Stille.

„Wie lange fahren wir noch?", fragt Hans.

Der Fahrer wird rot.

Horst zeigt auf die Straßenkarte.

„Den Haag, eine Stunde", sagt der Fahrer in gebrochenem Deutsch.

Horst nickt. Er schaut in den Rückspiegel, in die schwarzen Gläser von Hans' Sonnenbrille. Horst denkt an das Interview mit der Zeitung letzte Woche, an die Frage der Reporterin, warum er für Hans arbeitet und ob das nicht anstrengend sei. Horsts Antwort: Ja, anstrengend, aber die Hans' seine Arbeit ist viel anstrengender, das könnte man keinem Menschen allein zumuten.

Der BMW verlässt die Waldstraße und biegt auf die Autobahn. An der Auffahrt steht ein großes Schild mit Werbung.

„Halten Sie dort", sagt Hans und tippt dem Fahrer auf die Schulter.

Er zeigt durch die Frontscheibe auf das SHELL-Logo. Horst sieht auf den Tacho. Die Tanknadel steht im grünen Bereich. Er könnte Hans fragen, warum er anhalten will. Aber Horst weiß es eigentlich. Der Fahrer setzt den Blinker, nimmt die Ausfahrt und parkt den gelben BMW an der Tankstelle. Ein paar Meter weiter stehen ein paar Jugendliche um einen alten Mercedes herum. Sie trinken Malz-Bier, aus dem Autoradio kommt *I want to break free* von Queen. Die Jugendlichen singen laut und schief mit. Hans stößt die Hintertür auf und stürmt in die SHELL-Tankstelle. Die Jugendlichen sehen ihm hinterher. Der Fahrer bleibt im Auto. Horst steigt aus, stellt sich an den BMW und raucht eine Zigarette. Durch die Glasfassade der Tankstelle sieht er Hans. Der steht mit seiner schwarzen Sonnenbrille vor dem Getränkeregal. Horst nimmt einen tiefen Zug und zählt im Kopf durch, wie viel Hans heute schon getrunken hat. Da war der Weißwein im Flugzeug, die kleine Flasche Sekt am Terminal und die zwei Gläser Martini, als sie auf das Taxi gewartet haben. Jetzt steht Hans an der Kasse und kauft eine Flasche Cola und einen Rum. Horst drückt die Zigarette aus. Er weiß, dass die Flasche Rum Hans entweder nach oben oder nach unten bringt. In solchen Momenten ist Horsts Arbeit wie Lotto. Ein Jugendlicher verschüttet sein Malz-Bier, die anderen grölen. Horst beugt sich in den BMW. Der Fahrer sitzt wie versteinert am Lenkrad.

„Machst du das zum ersten Mal?", fragt Horst ihn.

„Ich nicht verstehen."

„VIP, drive, first time?"

Der Fahrer nickt.

Horst müsste sich bei der Taxifirma beschweren. Er hat um einen erfahrenen Chauffeur gebeten. Der Junge tut ihm leid. Er ist kaum älter als die Jugendlichen, welche ein paar Meter weiter Spaß haben.

„You do good", sagt Horst und zeigt mit dem Daumen nach oben.

Der Fahrer lächelt ein wenig und lässt den Motor an.

Hans ist noch in der Tankstelle und scherzt mit dem Kassierer. Vielleicht hat der ihn erkannt. Dann kommt er mit Cola, Rum und Plastebechern aus dem Verkaufshäuschen. Die

Jugendlichen zeigen auf ihn und lachen. Hans bleibt stehen und sagt:

„Do you know me?"

Seine Laune ist plötzlich phänomenal. Er lässt sich von den Jugendlichen Malzbier eingießen. Sie feiern ihn. Jeder unterliegt dem Charme von Hans. Jeder. Horst setzt sich zu dem Fahrer und wischt seinen Schweiß von der Stirn.

„Maximal speed, Den Haag, when?"

„Vierzig Minutes", sagt der Fahrer.

Horst sieht auf die Landschaft hinter der Tankstelle. Alles ist grün und flach. Es war schwer, Hans hierher zu bekommen. Die Berge in der Heimat sind schöner. Aber es geht hier nicht um die Landschaft, sondern um Hans' Karriere. Horst wird ungeduldig, drückt auf die Hupe. Die Jugendliche sehen herüber, Hans ignoriert ihn.

„Der versteht es einfach nicht", sagt Horst und schlägt auf das Armaturenbrett. „Wenn die Brüder das Ding nicht mit ihm durchziehen, sind wir geliefert."

Horst legt das Gesicht in die Hände.

Der Fahrer sagt nichts, lässt den Motor aufheulen. Horst ist verwundert. Anscheinend hat der Junge verstanden, worum es geht.

„Wir müssen los!", ruft Horst durch das Beifahrerfenster.

Hans grinst hinter der Sonnenbrille.

„Ich amüsiere mich wunderbar", sagt er.

Horst ist der Verzweiflung nahe. Er sieht den Fahrer an und sagt:

„Ich muss telefonieren. Fünf Minuten." Dann zeigt er auf Hans. „Get him in the car, then double money."

Der Fahrer nickt. Horst weiß nicht, ob er ihn verstanden hat. Er steigt aus, geht zu dem Münztelefon und wählt die Nummer der Brüder.

„Ferdi? Ah, Rob. Du bist es. Ja. Hallo. Hier ist Horst. Nein, es ist alles in Ordnung. Wir kommen. Wir sind auf dem Weg. Aber …"

Horst sieht zu den Autos. Hans tanzt mit den Jugendlichen. Er hüpft von einem Bein aufs andere, dabei schwappt der Rum aus seinem Becher.

„Wir kommen etwas später, Rob. Ja. Tut mir leid, wirklich. In 30 Minuten. Nein, Hans geht es gut. Er ist super drauf, hat richtig Lust, das Ding zu machen. Kein Grund zur Sorge. Wir sind gleich da. Ok, gut. Bis später."

Horst hängt den Hörer ein. Er braucht dringend eine Zigarette, aber dafür ist keine Zeit mehr. Als er wieder beim BMW ist, kann er seinen Augen nicht trauen. Hans sitzt abfahrbereit auf der Rückbank. Horst steigt ein, der Fahrer lässt den Motor an. Es wird langsam dunkel, die Autobahn ist leer. Der gelbe BMW schießt mit 160 km/h über die linke Spur. Im Wagen riecht es nach Rum, Schweiß und Rauch.

„Nimm auch was, Horsti."

Hans reicht einen randvollen Becher Rum-Cola nach vorne. Horst schüttelt den Kopf.

„Na gut, dann nicht."

Während Horst und der Fahrer stumm in die Nacht sehen, fängt Hans wieder zu singen an.

Ja, ja, der Wein ist gut, i brauch kan neuen Hut, i setz den alten auf, bevor i Wasser sauf!

Das letzte Stück bis Den Haag führt über eine Landstraße. Hinter einer Rechtskurve taucht ein Fuchs im Scheinwerferlicht auf.

„Achtung!", schreit Horst.

Der Fahrer bremst, weicht aus, und schaltet sofort wieder in den sechsten Gang.

Hans hat mittlerweile die halbe Rumflasche getrunken. Er legt den Kopf an die Scheibe und singt leise vor sich hin.

Wo a greans Kranzerl winkt, man Wiener Lieder singt, hör i der Musi zua bis in der Fruah!

Bald ist von der Rückbank nur noch leises Schnarchen zu hören. Horst schaltet das Radio auf klassische Musik um. Die Straße schlängelt sich durch verlassene Dörfer, bis die Lichter vom Hafen auftauchen. Blinkende Punkte in der einbrechenden Nacht.

„Wie hast du ihn ins Auto bekommen? I mean, him, in the car, how?", fragt Horst.

Seit der Tankstelle hat der Fahrer nichts mehr gesagt. Jetzt dreht er sich nach hinten und zeigt auf Hans' Zigaretten, die zwischen seinen Beinen liegen.

„Er wollten Cigarettes."

Das Auto rollt in die Stadt ein. Die Straßen sind von Laternen beleuchtet. Das Studio der Brüder ist in einem Reihenaus, gleich hinter der Autobahn. Der Fahrer kennt den Weg. Er biegt auf den Studio-Parkplatz ein. Hans schnarcht. Horst nimmt ihn den Rum aus der Hand und steigt aus. Es ist kühl, man kann das Meer riechen. Horst steckt sich eine Zigarette an und bläst den Rauch in den Himmel. Dann macht er die Hintertür auf und rüttelt Hans wach.

„Komm, Hans. Es ist Zeit, die Welt zu erobern", sagt Horst.

Hans steigt aus und setzt sich die Sonnenbrille auf. Er weiß, worum es geht. Horst raucht seine Zigarette fertig, dann gehen sie ins Studio. Der Fahrer bleibt im Wagen.

„Bist du sicher, dass er wiederkommt?"

Rob Bolland sitzt am Mischpult. Diese Frage hat er in der letzten Stunde dreimal gestellt.

„Ja. Er wird wiederkommen."

Horst sitzt zusammengesunken auf der Couch, über ihm hängen die Platten der Bolland-Brüder. Rob mustert ihn, als wolle er rausfinden, ob Horst sich selbst glaubt und sagt:

„Ok."

Dann lehnt er sich über das riesige Mischpult, schiebt einen Regler nach oben und murmelt etwas auf Niederländisch. Horst versteht ihn nicht. Vielleicht ist es besser so. Rob Bolland gibt seinem Bruder Ferdi Bolland ein Handzeichen. Ferdi steht hinter der Glasscheibe im Aufnahmeraum und spielt ein a-Moll-Akkord auf dem Oberheim-OB-Xa-Synthesizer. Er dreht an der Filter-Einstellung, die Töne ziehen sich auseinander und wieder zusammen. Rob setzt die Kopfhörer auf, klopft an die Scheibe und zeigt einen Daumen nach oben. Ferdi spielt A-Moll, dann Fmaj7, Dsus2 und wieder a-Moll. Die Synthesizer-Melodie klingt perfekt.

Sie klingt schon seit einer Stunde perfekt. Die Brüder sind Experten. Horst wusste es die ganze Zeit, er hat die Plattenfirma davon überzeugt. Dass es schwierig werden würde, den Hans hierher zu bekommen, wusste er auch. Hans fand die Idee von Anfang an deppert. Horst hat es geschafft, ihn in den Flieger nach Amsterdam zu bekommen, dann in das Taxi nach Den Haag und bis ins Studio der Bolland-Brüder. Aber das reicht nicht. Wenn Hans die anderen Songs nicht singt, war alles umsonst.

Rob Bolland schiebt ein paar Regler nach oben. Er nimmt die Kopfhörer ab, lässt die Audiospuren zusammenlaufen und sagt:

„Wir sind bereit."

Horst weiß, dass es an ihn gerichtet ist. Es ist eine Aufforderung: wir haben unseren Job gemacht, jetzt mach du deinen.

Leider ist Hans verschwunden.

Dabei liefen die ersten Aufnahmen super. Hans' Laune war gut, in der Zigarettenpause hatte er die Bollands sogar gelobt und zu Horst gesagt: „Jetzt müssen wir nie wieder mit dem blöden Ponger aufnehmen."

Horst hatte zufrieden genickt und sich einen Schluck Rum genehmigt. Sein Plan, Hans mithilfe der Bollands wieder an die Chartspitze zu bringen, würde aufgehen. Dann waren sie zurück ins Studio gelaufen, um die restlichen Songs aufzunehmen. Drin ging dann alles ganz schnell: Ferdi gab Hans den Text für den nächsten Track und machte die Audiospur an. Hans las den Text, hörte die ersten sechszehn Takte und rastete aus. Er zerknüllte das Papier und schrie: „So einen Mist singe ich nicht."

Rob und Ferdi bekamen rote Köpfe. Hans schrie weiter, nahm den Rum und rannte aus dem Studio. Rob und Ferdi standen wie versteinert da. Horst bot ihnen eine Zigarette an und sagte: „Das ist normal. Er kommt zurück."

Seit diesem Satz sind anderthalb Stunden vergangen. Horst, Rob und Ferdi sitzen vor einem Welthit, der ohne Hans keiner wird. Rob zündet sich eine Zigarette an. An der Tür hängt ein Schild mit der Aufschrift *No smoking*. Die Bollands arbeiten sauber und präzise. Rob kümmert sich um das Abmischen, sucht Samples, entwirft Songstrukturen. Ferdi ist ein Gott an den Instrumenten. Er schaut aus dem Aufnahmeraum zu seinem Bruder, macht den Synthesizer aus und geht zu ihm. Ferdi nimmt seinem Bruder die Zigarette aus der Hand, zieht einmal daran und zerdrückt sie. Er sagt ihm etwas ins Ohr. Horst sitzt auf der Couch, schwitzt unter seinem Hemd und denkt an die Worte der Plattenfirma: *Pass auf, dass Ferdi nicht die Geduld verliert.*

Horst muss etwas tun.

Die Bollands werden ihm kein viertes Mal glauben, dass Hans gleich zurückkommt.

„Du, Rob", sagt Horst und hebt sich aus dem Sofa. „Ich finde, dass die Bassgitarre ziemlich verzerrt klingt. Also, ein bisschen, meine ich."

Rob starrt Horst an. Es ist ein Augenblick, der Stunden dauert. Horst hält ihm stand, schwitzt wie ein Vieh. Das ist sein Job. Rob lässt von ihm ab und schüttelt den Kopf. Ferdi sieht aus, als würde er Horst am liebsten mit der Bassgitarre zusammenschlagen. Die Brüder wissen, dass Horst nur Zeit schindet, aber es funktioniert. Rob schickt Ferdi in den Aufnahmeraum. Ferdi schlägt die E-Saite an. Der Ton dröhnt durchs Studio. Er klingt wie die letzte Chance. Horst wirft sich den Mantel über und verschwindet aus der Tür. Im Gang hängt die goldene Platte, welche die Bollands letztes Jahr für ihr Single *In The Army now* bekommen haben. Solche Leute lässt man nicht warten, denkt Horst. Er weiß, dass es jetzt an ihm liegt.

Auf dem Parkplatz geht ein kühler Wind. Er kommt vom Hafen. Die Wohnsiedlung ist ruhig, nur ein paar Autos rollen vorbei. Auf der anderen Straßenseite stehen rote Backsteinhäuser. Aus den Fenstern scheint warmes Licht, in manchen flackert ein Fernseher. Horst steckt sich eine Zigarette an und läuft zum BMW. Der Fahrer ist in die Stadt gegangen. Er darf nicht mit ins Studio und wird informiert, sobald sie fertig sind. Horst fragt sich, was er gerade macht. In einem Café sitzen? Telefonieren? Vielleicht kann der Fahrer ihm helfen, Hans zu finden. Wenn Hans nicht singt, war der Weg von Wien umsonst. Horst überlegt, was er der Plattenfirma sagen würde. Er lehnt sich an den BMW, raucht die Chesterfield und will nicht darüber nachdenken. Überhaupt nicht.

Auf der Straße hupt ein Auto. Lange. Sehr lange. Zu lange. Ein zweites kommt dazu, ein drittes. Es klingt bedrohlich. Horst rennt zur Straße. Im Scheinwerferlicht der Autos steht Hans. Er torkelt umher und fuchtelt mit den Armen. Er schreit etwas, die Autos hupen und blinken. Hans versperrt ihnen den Weg. Die Lichter spiegeln sich in seiner Sonnenbrille. Er ist wahnsinnig geworden, denkt Horst. Jedes Mal, wenn ein Auto anfahren will, stellt sich Hans vor die Motorhaube. Die Motoren brüllen ihn an. Hans, der Drachenbändiger.

„Bist du deppert?!", schreit Horst und rennt zu ihm.

„Na, die sinds, die Kasroller!", schreit Hans und zeigt auf die Autos. „I am the biggest superstar since Mozart."

Die Lichter blenden, Horst hält sich die Hand vor die Augen. Er schwitzt am ganzen Körper. Die Autofahrer könnten jeden

Moment die Geduld verlieren. Er greift Hans am Arm, der löst sich und fängt an zu singen. Die Straße ist seine Bühne.

„Wo a greans Kranzerl winkt, man Wiener Lieder singt, hör i der Musi zua bis in der Fruah!"

Im nächsten Moment schlängelt sich ein Motorrad durch die Autos und bleibt zwei Meter vor ihnen stehen. Der Fahrer hat ein verspiegeltes Visier. Er beschleunigt, bis das Hinterrad durchdreht. Weißer Qualm steigt auf, der Motor kreischt. Er könnte jeden Moment den Finger von der Kupplung lassen.

„Komm jetzt!", schreit Horst, packt Hans am Arm und zieht ihn von der Straße. Der Motorradfahrer rast los, die Autos hinterher. Horst und Hans bekommen allerhand Mittelfinger zu gestreckt.

„Was hast du dir dabei gedacht!"

Horst brüllt, während Hans auf den Parkplatz torkelt. Er riecht nach Rum. Horst braucht eine Zigarette und eine Dusche.

„Was du dir dabei gedacht hast, habe ich gefragt."

Hans zuckt nur mit den Schultern, als sei nichts gewesen. Er geht zum gelben BMW und rüttelt an der Fahrertür. Horst sieht ihm zu. Irgendwann schwinden Hans die Kräfte und er sinkt zu Boden. Horst stellt sich vor ihn, steckt seine Hände in die Hosentaschen.

„Wie viel hast du getrunken?"

Hans kauert neben dem Vorderrad. In der Innentasche seiner Büffellederjacke steckt eine Flasche Wodka.

„Woher hast du die?", fragt Horst und zieht ihm die Flasche aus der Jacke.

„Von den Nachbarn."

Der Mond spiegelt sich in Hans` Sonnenbrille.

„Weißt du, was hier auf dem Spiel steht?"

Hans schaut nach unten.

„Es geht um viel Geld, sehr viel Geld. Und es geht um dich, um deine Karriere, deinen Ruf. Verstehst du das?"

Hans reagiert nicht. Er verbirgt sein Gesicht zwischen den Beinen.

„Es ist wichtig, dass du das verstehst. Die Brüder verlieren die Geduld. Wir müssen da jetzt rein und den…"

„Horst."

„Was denn?"

Die roten Lichter blinken am Hafen.

„Ich habe Angst."

Horst atmet durch, dann kniet er sich zu Hans und sagt:

„Sieh mich an."

Hans hebt den Kopf. Horst nimmt ihm die Sonnenbrille von der Nase, faltet die Bügel aufeinander und lässt sie in seinen Anzug rutschen.

„Du bist ein Falke", sagt er und steckt Hans eine Zigarette zwischen die Lippen. „Du bist der König der Lüfte. Du fliegst so hoch, wie du willst."

Hans nimmt einen langen Zug. Horst reicht ihm ein Taschentuch.

„Danke", sagt Hans. Für einen Moment sieht man in seinen Augen alles. Die Selbstliebe, den Hass, die Zerrissenheit, den Zweifel. Dann hievt er sich am BMW hoch.

Horsts Worte haben gewirkt. Der Vergleich mit dem Falken war naheliegend. Wenn Hans das nächste Mal eine Krise bekommt, muss Horst sich etwas Neues ausdenken. Horst hat Erfahrung mit solchen Momenten. Es ist sein Beruf, zum richtigen Zeitpunkt die richtigen Worte zu finden. Wenn er mit Hans arbeitet, ist das besonders wichtig. Hans hat oft Krisen. In den letzten Monaten sind es mehr geworden. Wenn sie kommen, schluckt Hans eine, zwei oder drei Xanor. Der Plattenfirma ist das egal, solange Hans liefert. Horst sieht das anders. Er kennt Hans schon lange und will ihn schützen vor dem Gerede der Leute, und vor sich selbst.

„Sieh mal, wie weit wir gekommen sind."

Horst denkt an Hans` glühende Augen, damals, als sie im *Alten Fassl* Bier tranken und von dem träumten, was später passierte.

„Ja", sagt Hans.

Horst holt die schwarze Sonnenbrille aus seinem Anzug. Er faltet die Bügel auseinander und schiebt sie Hans wieder vor die Augen.

„Aber ich will diesen Scheiß nicht singen."

Horst zündet sich eine Chesterfield an.

„Bitte, Hans, sing es nur einmal."

„Nein! Der Wolferl hat es nicht verdient, dass man so über ihn redet."

Ein letztes Aufbäumen, denkt Horst und erinnert Hans an die schlechten Verkaufszahlen von *Junge Roemer*.

„Wenn das Album mit den Bollands floppt, wird die Plattenfirma den Vertrag nicht verlängern."

„Das hat nichts damit zu tun. Die Verkaufszahlen sind mir scheißegal", sagt Hans.

Horst drückt die Zigarette wieder aus und sagt:

„Hans, die Leute lieben dich. Aber irgendwann kommt der Tag, an dem sie dich nicht mehr lieben. Es wird jemand Neues geben, der ihnen besser gefällt. Sie werden dich vergessen. So sind Menschen."

Hans sagt minutenlang nichts.

„Ich mache das nur wegen dir, Horst."

Horst nickt, legt seine Hand auf die Schulter von Hans und sagt:

„Auf in den Himmel."

Sie gehen zurück ins Studio.

Rob und Ferdi sitzen am Mischpult und rauchen.

„Super, super!"

Rob ist voller Begeisterung.

„Wir fangen direkt an", sagt Ferdi und eilt in den Aufnahmeraum. Horst setzt sich auf die Couch.

„Einen Moment noch", sagt Hans. Er stößt die Tür auf und verschwindet im Gang. Alle halten inne. Rob wird nervös und sieht zu Horst. Der springt auf und folgt Hans durch die Tür.

„Was tust du?"

Hans ist vor der goldenen Schallplatte stehen geblieben. Er sieht zu Horst. Sein Gesicht ist ausdruckslos. Er sagt nichts, geht weiter, verschwindet in der Toilette. Horst weiß, was dort passieren wird. Er weiß, dass er Hans davon abhalten sollte. Horst schwitzt und will zur Toilette gehen. Er bleibt vor der Goldplatte stehen, sieht sie an und dreht um.

„Wo ist er?", fragt Rob Bolland, als Horst wieder auf der Couch sitzt.

„Er kommt gleich."

Horst raucht die letzte Zigarette aus seiner Chesterfield-Packung. Es ist mittlerweile erlaubt.

„LET'S GO!"

Hans stößt die Tür auf. Er klatscht in die Hände und hat sein Siegergrinsen auf dem Gesicht. Die Bollands sind begeistert. Rob setzt sich ans Mischpult. Ferdi stellt sich zu Hans in den Aufnahmeraum. Er muss ihm den Liedtext zuflüstern. Hans scherzt herum. Horst wendet sich ab. Er kann es nicht aushalten.

Rob startet die Aufnahme.

„Ich werde von meinem Management dazu gezwungen", sagt Hans in das Mikro und grinst. Dann singt er. Rob, Ferdi und Horst hören dabei zu, wie der Falke in den Himmel steigt und in unendliche Höhen fliegt. Nur Horst weiß, dass er von einem Sturm getragen wird, der ihn vernichten könnte.

-

Es ist der 29. März 1986, als Hans Hölzel mit seinem Manager Horst Bork im *Oswald&Kalb* sitzt. Die Kellner bringen das Essen, als bekannt wird, dass die Single *Rock Me Amadeus* auf Platz 1 der amerikanischen Billboardcharts steht.

Es ist der Titel, den Hans im Tonstudio des niederländischen Produzentenduos Bolland&Bolland eingesungen hat. Damit schreibt er Musikgeschichte. *Rock Me Amadeus* ist der erste deutschsprachige Song, welcher über drei Wochen die amerikanischen und britischen Single-Charts anführt. In einer TV-Dokumentation erzählt Hans' Bandleader von dem Abend im *Oswald&Kalb*. Während nach der Mitteilung alle in Feierstimmung ausgebrochen seien, hätte Hans sich zurückgezogen. Als seine Freunde und Kollegen ihm nach dem Grund fragten, soll er geantwortet haben:

„Des schoff i nie wieder. Jetzt is' aus."

In den nächsten Jahren wird Hans Hölzel noch vier weitere Alben veröffentlichen. Am 6. Februar 1998 stirbt er bei einem Autounfall in der Dominikanischen Republik. In seinem Blut werden Spuren von Alkohol, Cannabis, Beruhigungsmitteln und Kokain gefunden. Wenige Wochen nach seinem Tod kommt sein letztes unvollendetes Album *Out of the Dark* auf den Markt. Es ist bereits vor der Veröffentlichung ausverkauft. *Out of the Dark* bleibt Hans Hölzels einziger großer kommerzieller Erfolg nach *Rock Me Amadeus*.

Der Rail-Jet von Wien nach Prag verspätete sich um eine Stunde. Für den Umstieg in die nächste Bahn blieben nur drei Minuten. Als ich den Koffer aus dem Zug hievte, brach eine Rolle ab. Danach musste ich ihn durch den ganzen Hauptbahnhof schleifen. Zum Glück war das Gleis von einer dünnen Schneeschicht bedeckt, auf der die kaputte Rolle besser rutschte. Der Nachtzug nach Zürich stand abfahrbereit da. Als ich einstieg, blies der Schaffner in seine Pfeife. Der Gang zwischen den Zugkabinen war so schmal, dass mein Koffer kaum hindurch passte. Als ich ein Abteil gefunden hatte, stand mir der Schweiß unter den Sachen. Die nächste halbe Stunde war ich damit beschäftigt, mich von dem Umstieg zu erholen. Der tschechische Zugbegleiter sagte die nächsten Haltestellen durch und kontrollierte die Fahrkarten. Ich fragte ihn, ob wir Erfurt pünktlich erreichen. Er sagte, ja. Als er weg war, lehnte ich mich zurück. Draußen zogen schneebedeckte Wälder vorbei, manchmal auch kleine Städte mit Häusern voller Licht. Ich sah aus dem Fenster und fragte mich, was ich von den vergangenen Monaten in Wien erzählen sollte, sobald ich in der Heimat bin.

Seit dem Beginn des Semesters hatte ich neue Leute kennengelernt, mich der Kunst gewidmet und konstant über meinen Bedürfnissen gelebt. Es hatte viele Nachmittage in Cafés gegeben, auch Abende in Kinosälen und mehrere Nächte in Clubs, neue Klamotten und eine IQOS. Ich könnte ihnen von dem Wetter erzählen, dass am Anfang noch herbstlich und mittlerweile sehr trist war. Oder von den Seminaren in der Uni, nach denen ich überall hinwollte, nur nicht in mein weißes Zimmer im seltsamen 20. Bezirk. Wie ich mich stattdessen in die Bibliothek flüchtete und anfing, neue Erzählungen zu schreiben. Wie ich dabei in einen Rausch verfiel, stundenlang nichts aß und nur Kaffee trank. Wie ich dann mit der U-Bahn nach Hause fuhr und mir jedes Mal übel wurde. Wie ich zwei Haltestellen früher aussteigen musste, um nicht zu erbrechen. Wie ich im dreckigen Schnee nach Hause lief und in den verlassenen Straßen viel nachdachte. Wenn ich nicht in die Uni musste, versuchte ich, wie ein Schriftsteller zu leben. Wien bot genügend Möglichkeiten, um meine Erzählungen vor einem Publikum zu lesen. Wenn ich meine Texte auf einer Bühne vortragen durfte, vergaß ich die Niedergeschlagenheit, welche mich wochenlang begleitete. Nach den Veranstaltungen betrank ich mich und fragte die Leute, ob sie Beziehungen zu Wiener Verlagen haben. Ich träumte von etwas, das in weiter Ferne lag. Trotzdem war ich an diesen Abenden glücklich. Davon musste ich in der Heimat erzählen. Während der Zug durch Tschechien fuhr, beschloss ich, es nicht zu tun. In meiner Heimat interessierte sich niemand für Literatur. Wenn ich in Telefonaten von Lesungen erzählt hatte, waren meine Familie und Freunde verstummt. Dass ich mich in Wien ernsthaft mit der Schriftstellerei auseinandersetzte, passte nicht in ihre Vorstellungen. Da ich mir selbst lange nicht mehr sicher war, was ich eigentlich wollte, konnte ich ihnen keinen Vorwurf machen.

Hinter der deutschen Grenze bekam ich Kopfschmerzen und ging ins Bordrestaurant. Ich kaufte Tee und einen Twix-Riegel. Währenddessen hörte ich einem Schweizer Fahrgast zu, wie er am Telefon über Quartalszahlen redete und sich nebenbei einen Schweinsbraten reinstopfte. Er ließ ein Stück Fleisch übrig. Als der Kellner das Geschirr abräumte, hätte ich es am liebsten vom Teller genommen. In der nächsten Durchsage wurde angekündigt, dass wir Erfurt pünktlich erreichen. Ich ging auf die Toilette und trank kaltes Wasser aus dem Hahn. Als ich wieder im Abteil saß, scrollte ich durch Instagram. Ich sah mir die *Stories* von Erasmus-Studierenden an, die ich in Wien kennengelernt hatte. Die meisten wollten über Weihnachten dortbleiben, um die Zeit in der Stadt voll auszunutzen. Ich hatte auch mit dem Gedanken gespielt. Etwas in mir freute sich auf die Heimat, ein anderer Teil scheute sich davor. Ich spürte, dass mich die Zeit in Wien verändert hatte. Vielleicht wollte ich den Menschen in der Heimat diese Veränderung beweisen. Die Angst, mich zu Hause nicht mehr wiederzuerkennen, gab es auch.

Am Hauptbahnhof in Erfurt lag auch Schnee. Der Nachtzug fuhr weiter, ich schleppte meinen Koffer zum Gleis der Regionalbahn. Die kaputte Rolle hinterließ eine Spur. Nach einer halben Stunde kam der Zug. Kurz vor Mitternacht war ich in Arnstadt. Ich überquerte die Brücke hinterm Bahnhof, ging über den steilen Weg ins Neubaugebiet und sah unser Haus zwischen den anderen. In der Einfahrt kreuzte eine Katze meinen Weg. Als ich sie streicheln wollte, schlich sie davon. Alles sah wie immer aus. Ich schloss die Tür auf, stellte meinen Koffer ab und atmete aus. Die anderen schliefen schon. Ich wollte nicht ins Bett, ging stattdessen in die Küche und suchte mir die besten Süßigkeiten zusammen. Ich fand Milka-Oreo-Schokolade und saure Haribo-Goldbären, legte mich mit beidem vor den Fernseher und schaute eine Dokumentation über die Weimarer Republik. Als ich vom Zucker müde wurde, schlief ich auf dem Sofa ein.

Am nächsten Morgen wurde ich vom Zischen der Kaffeemaschine geweckt. Meine Mutter stellte mir eine Tasse neben das Sofa. Später fuhren wir in die Stadt, um Lebensmittel für die nächsten Tage zu kaufen. Ich sah das Ortsschild vorbeiziehen und schaltete das Radio ein. Es lief ein Sender, den ich nicht kannte. Ich stellte *MDR Jump* ein, damit es sich wie früher anfühlt. Im Supermarkt stand ich minutenlang vor der Kühltruhe und betrachtete die Hähnchenfilets. In der Schulzeit hatte ich bei jedem Einkauf mehrere Packungen mitgenommen, weil die Fitness-Coaches auf YouTube das sagten. Meine Mutter hatte mich jedes Mal überzeugen müssen, eine Packung zurückzulegen. Dieses Mal kaufte ich kein Hähnchen, sondern Tofu. Meine Mutter schlug vor, Brötchen bei der Bäckerei zu holen. Wir setzten uns ins Auto und fuhren hin. Auf dem Weg kamen wir an der Schule vorbei. Sieben Jahre hatte ich dort verbracht. Ich dachte an die Hofpausen, den Sportunterricht, die erste Liebe, was sonst. Das Gebäude war ein hellblauer Klotz aus der Nachwendezeit, umzingelt von Wohnscheiben. Ohne meine Erinnerungen war dieser Ort hässlich. Auch der Supermarkt neben der Schule war nicht mehr wieder zu erkennen. Meine Mutter erklärte mir, dass er saniert worden sei. In den Hofpausen hatten wir uns dort immer Snickers und Red Bull gekauft. Ich dachte an den ekligen Fleischgeruch und die Kunden im Laden, welche wir damals seltsam fanden. Jetzt wurde mir bewusst, dass die meisten von ihnen sicherlich Hartz-IV-Empfänger waren. Hinter der Schule führte die Hauptstraße zum Bahnhof. Meine Augen suchten nach dem besten Dönerladen der Stadt. Die Reklametafel tauchte nicht auf. Meine Mutter erklärte mir, dass der Inhaber gewechselt habe. Der neue Dönerladen lag hinter der Kreuzung. Ich wusste nicht, ob sich wirklich alles verändert hatte oder ich nur genauer hinsah.

„Willst du einen Döner?", fragte meine Mutter.

Ich schüttelte den Kopf, weil er sicherlich nicht mehr nach verregneten Sonntagen und Fußballspielen schmecken würde. Meine Mutter parkte das Auto an der Bäckerei und wir liefen zum Marktplatz. In der Fußgängerzone entdeckte ich ein neues Geschäft, das Kaffeebohnen, Yogasachen und fair produzierte Lebensmittel verkaufte. Die Großstädte waren überschwemmt von solchen Läden. Meine Mutter erzählte mir, wie gerne sie und ihre Freundinnen dort hingehen. Ich wusste nicht, ob ich mich freuen oder schämen sollte. Wir setzten uns in das Café an der Kirche und bestellten Cappuccino. Auch das Café hatte eine neue Inhaberin. Meine Mutter nannte sie beim Vornamen und schwärmte von der Qualität des Ladens. Beim ersten Schluck musste ich feststellen, dass sie Recht hatte. Der Cappuccino war besser als die meisten, welche ich in Wien getrunken hatte. Wieder wusste ich nicht, ob ich mich freuen oder schämen sollte. Draußen schob sich eine dicke Wolke an den Himmel. Vom Schnee aus der Nacht war nichts mehr übrig. Meine Mutter redete mit der Inhaberin, ich saß am Tisch, trank den Cappuccino und erschrak vor meinen Gedanken. Ich war zurück in der Kleinstadt. Jahrelang hatte ich versucht, diesen Ort zu verstehen. Jetzt dachte ich das erste Mal daran, ihn für immer zu verlassen.

Am nächsten Tag erfuhr ich, dass mein Schuljahrgang ein Treffen plant. Es sollte das erste große Wiedersehen nach dem Abschluss sein. Mein erster Gedanke war abzusagen, um den befremdlichen Gesprächen zu entgehen. Dann überzeugten mich meine zwei besten Schulfreunde vom Gegenteil, so wie sie es immer taten. Je näher der Abend rückte, umso gespannter wurde ich, was die ehemaligen Mitschülerinnen und Mitschüler aus ihrem Leben erzählen. Zwei Tage vor Weihnachten war es so weit. Ich hatte an einer Erzählung geschrieben und IQOS geraucht, bis meine Freunde an der Tür klingelten. Wir tranken ein Bier und gingen los. Das Jahrgangstreffen fand in einer urigen Bar statt. Jeder aus der Stadt kannte das Lokal. Meine Mutter hatte mir viele Geschichten erzählt, die dort begannen oder endeten. Von meinem Großvater kannte ich eine Anekdote, in der sein Freund betrunken auf den Tresen gestiegen war und Erich Honecker parodiert hatte. Am nächsten Tag sperrte ihn die Stasi für drei Jahre weg.

Als wir vor dem Eingang der Bar standen, wollte ich mich umdrehen und nach Hause gehen. Meine Freunde hätten es nicht zugelassen. In der Schule waren wir Banknachbarn gewesen. Während der sieben Jahre hatten uns die Lehrer in jedem Fach auseinandergesetzt. In der Bar würde es niemand tun. Wir waren auf verschiedenen Lebenswegen und sahen uns nur selten, aber die alten Dummheiten hielten uns zusammen.

Im Barkeller waren zwei Tische reserviert. Ich scannte die anwesenden Mitschüler. Es waren viele da, die ich früher gemocht hatte. Der Wirt kam zu uns und teilte Untersetzer aus. Ein paar kannten ihn beim Vornamen. Ich bestellte ein Bier und fragte, ob man mit EC-Karte zahlen kann. Er sagte, dass es hier kein Plastikgeld gebe. Alle lachten. Ich wurde rot. Mit dem ersten Bier kamen die Gespräche in Gang. Von meinen ehemaligen Schulkameraden wusste ich genauso viel wie die Follower ihres Instagram-Accounts. Es war angenehm, ihnen Fragen zu stellen, solange ich nicht von mir redete. Die Entwicklungen der meisten waren entweder absehbar oder vollkommen unerwartet verlaufen. Der Lehrerschreck, welcher früher geschwänzt hatte, studierte nun Pädagogik. Ein anderer hatte sein Maschinenbaustudium abgebrochen, um die Supermarkt-Filiale am Stadteingang zu leiten. Manche waren der Heimat treu geblieben, andere arbeiteten für Firmen in München, Berlin und Hamburg. Die ehemalige Klassensprecherin hatte ihr erstes Kind bekommen, ihre beste Freundin von damals startete in zwei Tagen ihre dritte Weltreise. Ich hörte zu und fühlte mich erstaunlich gut, bis die Frage kam.

„Und du so?"

Die Augen waren auf mich gerichtet. Ich saß da in meinem schwarzen Rollkragenpullover, rauchte IQOS und erzählte von den Kunstausstellungen in Wien. Ich wusste nicht, ob ich mir selbst glaubte. Die anderen sahen mich irritiert an und fragten, wie mein Studium läuft. Ich antwortete knapp und das Gespräch verstummte. Sie warteten, bis ich weiterredete. Ich hätte ihnen von meinen Texten erzählen müssen, aber sagte nichts. Der Wirt kam an den Tisch und brachte eine Runde Schnaps. Ich trank und verspürte eine tiefe Wut. Ich musste noch mehr trinken, damit sie sich legen würde. Meine Mitschüler redeten über ihre Gehälter. Sie diskutierten, ob ein VW Golf oder ein 3er BMW das bessere Einstiegsauto sei. Danach redeten sie über Urlaube in Griechenland, Spanien und Portugal. Ich bestellte ein neues Bier und ging auf die Toilette. Der Weg dahin fühlte sich wie ein Parkour bei *Takeshis Castle* an. Als ich am Urinal stand, gingen mir die Geschichten der anderen durch den Kopf. Seit unserem Abschluss war viel Zeit vergangen. Früher hatte ich zu denen gehört, die wussten, was sie wollten. Nun war ich ein Träumer. Damit stieg die Wahrscheinlichkeit, dass ich beim nächsten Jahrgangstreffen ein Versager sein würde.

Als ich wieder im Keller war, beschloss ein Teil der Gruppe, nach Hause zu gehen. Die anderen wollten weiter durch die Stadt ziehen. Meine Freunde schlossen sich der Stadt-Gruppe an und ich ging mit ihnen. Draußen fiel ein zarter Schnee vom Himmel. Wir torkelten durch die leeren Straßen und malten Geschlechtsorgane auf die Autoscheiben. An der frischen Luft spürte ich das volle Ausmaß meines Rausches. Die Beine voreinander zu setzen wurde ein Abenteuer, aber meine Gedanken verloren an Gewicht. Gedämpft von Bier und Kälte trabte ich hinter meinen Freunden her. Alles, was mein Bewusstsein erreichte, fühlte sich wie eine Antwort an.

Wir kamen an der Buchhandlung vorbei. Ich blieb stehen und spähte hinein, sah die deckenhohen Bücherschränke und die Tische mit den Neuerscheinungen. Meine Mutter hatte mich oft hierhergebracht. Sie hatte mir Gruselromane gekauft, die ich lesen wollte. Später ging ich von allein hin und besorgte mir jedes Buch, das Maxim Biller im *Literarischen Quartett* empfohlen hatte. Obwohl ich damals nur gelegentlich Gedichte schrieb, wuchs eine Vorstellung in mir. Ich konnte sie nicht aussprechen und geriet schon in Verlegenheit, wenn ich nur daran dachte. Einmal traf ich meine Deutschlehrerin in der Buchhandlung. Es war ein heißer Sommertag nach unserem Abschluss. Sie kaufte zwei Bücher, wir redeten kurz miteinander. Im Unterricht wollte sie uns die Literatur näherbringen. An Wandertagen fuhren wir ins Theater nach Weimar, zu Goethe und Schiller. Die Deutschlehrerin gehörte zu den Menschen, welche an die kulturelle Schönheit der Kleinstadt glaubten. Für diese Menschen war Arnstadt mehr als ein mitteldeutscher Industriestandort, eine Fußballmannschaft in der fünften Liga und die Bratwürste auf dem Stadtfest. Wenn ein Ensemble im Stadttheater Shakespeare aufführte oder die Sonne über den alten Häusern unterging, wenn Johann Sebastian Bach auf dem Marktplatz saß und sich erinnerte, wie er vor 400 Jahren hierherkam und sich verliebte – dann war es ihre Stadt.

„HEY!", brüllte es plötzlich von vorne. „KOMM JETZT!"

Meine Freunde warteten am Brunnen. Sie waren sturzbetrunken. Damit sie kein zweites Mal schreien würden, lief ich sofort -

„HER JETZT, DU FACKER."

Der Umgangston hatte das Niveau *Hofpause* erreicht. Die besinnliche Vorweihnacht wurde von animalischen Schreien durchbrochen.

„ARNSCHT, JUNGE."

Ich bekam mich vor Lachen nicht ein. Im Fachwerkhaus gegenüber ging das Licht an. Die anderen flohen auf den Marktplatz, meine Freunde und ich blieben am Brunnen stehen.

„Habt ihr'n Arsch offen, ihr Vögel?", schrie ein Mann aus dem Fenster.

Es war höchste Zeit, zu verschwinden.

„Gute Nacht!", riefen wir ihm zu und rannten auf den Marktplatz. Die eisige Luft brannte in der Lunge.

„Hoffentlich ruft er die Polizei", sagte ich.

Meine Freunde stimmten zu. Wir blieben am Rathaus stehen, keuchten und überlegten, wo wir uns im Zweifelsfall verstecken würden. Der Rest der Gruppe war nicht mehr zu sehen. Über uns schien der Mond. Meine Freunde lachten. Ich wollte ihnen von meinen Texten erzählen, aber im nächsten Moment fuhr ein Auto heran. Wir sahen das Scheinwerferlicht am anderen Ende des Marktplatzes, rannten los und versteckten uns hinter der Kirche. Das Auto kam näher.

„Was machen wir, wenn er abbiegt?", fragte ich.

Meine Freunde zeigten auf den Lkw neben der Kirche.

„Da drunter."

Das Auto bog ab. Uns blieb keine andere Wahl. Wir schmissen uns in den Schnee und krochen unter das Fahrzeug. Das Auto fuhr vorbei. Wir hielten die Luft an. Es parkte auf der anderen Straßenseite. Im Licht der Straßenlaterne konnte man den Wagen deutlich sehen. Keine Polizei. Nur eine alte Frau. Wir krochen unter dem Lkw hervor und klopften uns den Schnee von den Kleidern. Die Mischung aus Alkohol und Adrenalin war fantastisch. Dann lief ich mit meinen alten Schulfreunden über den Marktplatz und erzählte ihnen von meinen Texten. Von den vielen, einsamen Stunden am Laptop, den Lesungen in Wien. Ich sagte das Wort Schriftsteller und wollte mich begraben. Meine Freunde hörten geduldig zu. Wir liefen zur Bushaltestelle. Der Mond drohte über uns, als könnte man ihn anfassen.

„Deswegen hast du dich bei der Deutschlehrerin immer eingeschleimt", sagten sie. „Jetzt ergibt es Sinn."

Dann zogen meine Freunde mich damit auf, dass ich in der 10. Klasse ein Schiller-Gedicht mit übertriebener Betonung vorgetragen hatte. Ich fühlte mich so frei wie schon lange nicht mehr. Die andere Gruppe war schon zu Hause. Als wir an der Kreuzung standen, kam ein Polizeiauto um die Ecke. Wir versteckten uns hinter den Mülltonnen. Es fuhr weiter. Ich wollte, dass die Nacht ewig dauert.

An Weihnachten hielt meine Familie auch in diesem Jahr an ihrer Tradition fest. Wir gingen in die Kirche, machten Bescherung, aßen Raclette und stritten, bis jemand vom Tisch aufstand und die Tür zuknallte. Jedes Jahr unternahmen wir den Versuch, ein harmonisches Weihnachten zu haben, jedes Jahr endete der Heilige Abend im Chaos. Alle saßen im Haus verteilt, waren wütend und traurig und suchten eine Erklärung, wie es so weit kommen konnte. Die Versöhnung konnte Tage dauern. Dieses Mal war es besonders schlimm. Um 21 Uhr saß ich allein im Wohnzimmer, schaute eine Dokumentation über den Bundesstaat Texas und aß Schokolade. Vorher hatten wir zwei Stunden darüber diskutiert, wer auf wen mehr Rücksicht nehmen sollte. Aus kleinen Provokationen wurden Anschuldigungen. Am Ende wusste niemand mehr, wieso wir stritten. Ich wollte nicht weiter darüber nachdenken, schaltete auf Netflix und ließ einen Til-Schweiger-Film laufen. Nebenbei sah ich mir die Instagram-Stories von Leuten aus Wien an. Ich musste das Fenster schließen, weil ein Gewitter aufzog. Weiße Blitze zuckten vom Himmel. Der Weihnachtsbaum, die glänzenden Kugeln, das Geschenkpapier, die Stille. Es war fürchterlich. Ich holte mir neue Schokolade. Wenig später kam mein Bruder in die Stube. Er verkabelte die Playstation mit dem Fernseher und drückte mir wortlos den Controller in die Hand. Wir spielten FIFA und ich dachte an nichts anderes. Irgendwann wurde ich müde und ging ins Bett. Mein Bruder war traurig, als ich den Controller ausschaltete. Im Badezimmer wusch ich mir das Wachs aus den Haaren. Für das Weihnachtsfest hatte ich sie besonders gestylt. Es fühlte sich lächerlich an. Wir waren gescheitert, schon wieder. Ich legte mich ins Bett. Durch die Wand hörte ich meinen Bruder vor der Playstation fluchen. Ich hörte, wie meine Mutter durch das Schlafzimmer lief und dachte an das Ratgeber-Buch auf ihrem Nachttisch: *Endlich Unabhängig*. Ich musste noch mal auf die Toilette. Die Tür war abgeschlossen. Als ich klopfte, kam meine Schwester heraus. Sie scrollte durch TikTok und lief an mir vorbei. Ich legte mich wieder ins Bett, lauschte dem Donner und dachte darüber nach, alles hinter mir zu lassen. Ich könnte nach Wien gehen und dortbleiben. Eine neue Heimat finden. Ich fühle mich schuldig für diesen Gedanken und die kurze Euphorie, welche er in mir auslöste. In Wien konnte ich sein, wer ich wollte. In der Heimat musste ich mich gegen das wehren, was ich war.

In den nächsten Tagen wirkte der große Weihnachtsstreit nach. Wir aßen, gingen spazieren, redeten kaum miteinander. Wenn es dunkel wurde, zog ich mich ins Zimmer zurück und schrieb an den Erzählungen. Es war eine Flucht aus dem Haus, aus der kleinen Stadt. Als meine Schwester reinkam und fragte, was ich am Laptop mache, log ich sie an. Ich wollte die Wahrheit für mich behalten. Spätestens, wenn ich mit meinem Bruder Playstation spielte, drehte sich die Welt nur noch darum, auf der Konsole ein Tor zu schießen. Einmal spielten wir bis sechs Uhr früh. Draußen ging schon die Sonne auf und ich musste die Rollladen im Zimmer herunterlassen. Ich stellte den Wecker auf 16 Uhr und hörte einen Podcast zum Einschlafen. Es war gegen zehn, als ich von einem Anruf geweckt wurde. Es war mein Vater. Er sagte:

„Opa Bruno ist tot."

Am vorletzten Tag des Jahres ging ich mit meinem Bruder in die Kirche. Die Mittagssonne stand am Himmel. Wir liefen über den Marktplatz. Ich musste an das Jahrgangstreffen denken. Der Lkw, unter dem wir uns versteckt hatten, stand immer noch da. Der Schnee war getaut. Vor der Kirche warteten sehr viele Menschen. Wir suchten unseren Vater. Er stand am Auto und gab mir eine schwarze Jacke aus dem Kofferraum. Ich zog sie an und wir liefen zum Eingang, als der Pfarrer die Tür öffnete. Zuerst betrat meine Großmutter die Kirche. Ich sah sie weinen. Wir folgten und nahmen in der zweiten Reihe Platz.

Der Sarg stand neben dem Altar. Er war aus hellem Holz und von schönen Blumen umstellt. Darüber hing ein Bild von Opa Bruno. Ich konnte nicht davon wegsehen. Als der Pfarrer die Tür schloss, war die Kirche bis auf den letzten Platz gefüllt. Ich hatte den Innenraum noch nie so voll gesehen. Nicht mal an Weihnachten. Die Leute waren gekommen, um Opa Bruno die letzte Ehre zu erweisen. Ich sah in ihre traurigen Gesichter. Obwohl der Mann im Sarg mein Großvater war, kannten sie ihn besser als ich.

Der Pfarrer schritt zum Altar und eröffnete den Gottesdienst. Es folgte eine lange Predigt. Die Menschen um mich herum schluchzten und weinten. Mein Bruder starrte ins Nichts. Ich fing an zu husten. Aus meiner Kehle kamen trockene, kratzige Laute. Sie hallten durch die Kirche, mischten sich unter die Worte des Pfarrers. Alle hörten es. Ich suchte in meiner Hosentasche nach Halsbonbons. Das Husten hörte nicht auf, wurde immer lauter. Meine Kehle war wie ausgetrocknet. Ich versuchte, Speichel zu schlucken, aber es half nichts. Mein Bruder warf mir einen verunsicherten Blick zu. Ich dachte darüber nach, aus der Kirche zu gehen. Meine Großmutter, mein Vater und die ganze Gemeinde würden es mitbekommen. Das war unmöglich. Ich hielt die Luft an. Der Pfarrer sprach einen Vers aus der Bibel. Ich sah auf das Bild über dem Sarg. Opa Bruno war selbst Pfarrer gewesen. Die trauernden Leute kamen aus seinen Gemeinden. Er hatte ihnen beigestanden, wenn das Leben sie in die Knie gezwungen hatte. Er wollte sie vor der Dunkelheit schützen, jetzt hatte sie ihn verschluckt. Für mich war Opa Bruno nur der Mann auf jenem Foto, das jahrelang neben dem Küchenfenster gehangen hatte. Ich sah dieses Foto vor mir, während ich die Luft anhielt: Opa Bruno im braunen Ledermantel, funkelnde Augen, mit zwei dicken Babys auf den Armen. Rechts mein Bruder, links ich. Das Foto war entstanden, bevor meine Eltern sich entschieden hatten, einander für den Rest ihres Lebens zu hassen. Nach ihrer

Trennung entzweite sich die Familie. Wir sahen unseren Vater selten, Opa Bruno nie. Er existierte nur auf dem Foto neben dem Küchenfenster. Irgendwann fragte ich meine Mutter, warum sie es nicht abgehangen hat. Welches Foto, fragte sie.

Ich konnte die Luft nicht mehr anhalten. Der Pfarrer bat die Leute, sich für das Gebet zu erheben. Ich stand auf und atmete durch die Nase. Mein Hals fing an zu kratzen. Ich war nicht traurig. Der Tod meines Großvaters bedeutete mir nichts. Obwohl ich nicht daran schuld war, konnte ich dieses Gefühl nicht aushalten. Mir wurde schwindelig, die Worte des Pfarrers erreichten meine Ohren nicht mehr. Dann passierte es. Der Husten platzte aus meiner Kehle. Im selben Moment begann die Orgel zu spielen. Tiefe Töne schmetterten durch die Kirche. Ich hustete ab, aber im Klang der Orgel bekam es niemand mit. Nur Opa Bruno hörte sie, die Schreie des dicken Babys auf seinen Armen.

Nach dem Lied beteten wir das *Vaterunser*. Der Sarg wurde aus der Kirche getragen. Meine Großmutter führte den Auszug an, wir gingen hinterher. Der Sarg wurde im Kofferraum des Bestattungsfahrzeuges abgestellt, die Leute legten Blumen dazu und bekundeten ihr Beileid. Sie schüttelten meiner Großmutter und meinem Vater die Hände. Daneben standen mein Bruder und ich. Obwohl die Leute nicht wussten, wer wir waren, schüttelten sie auch unsere Hände. Manche waren rau, andere weich und feucht. Die Menschen spendeten uns Trost. Ich sah in ihre traurigen Augen. Mein Herz schmerzte vor Leere. Die Beisetzung sollte im Kreis der Familie stattfinden. Als wir zu den Autos liefen, verdunkelte sich der Himmel. Von der Sonne, die vor dem Gottesdienst geschienen hatte, war nichts mehr übrig. Es wurde sofort kälter, ich zog die Jacke zu. Auf dem Weg über den Marktplatz redeten mein Bruder und ich kein Wort. Wir kamen an der Buchhandlung vorbei. Ich sah die bunten Cover im Schaufenster stehen und erschrak vor ihrer Bedeutungslosigkeit.

Die Beerdigung dauerte circa dreißig Minuten. Nach den Worten des Pfarrers wurde der Sarg hinabgelassen. Wir warfen Rosenblätter und frische Erde darauf. Ein Trompeter spielte *Amazing Grace*. Die Kiefern neigten sich im Wind. Das Grab wurde zugeschaufelt. Wir gingen und Opa Bruno blieb zurück. Das Totenmahl fand in einem Waldgasthaus statt. Es wurden Kaffee und Tee serviert, dazu Fleischsuppe mit Brot. Mein Bruder und ich löffelten schweigend aus den Schüsseln. Die anderen Verwandten waren für uns nur fremde Leute.

„Wir sitzen hier und er liegt immer noch da unten", sagte mein Bruder. „Es ist bestimmt sehr kalt."

„Ja", sagte ich und nahm einen Schluck Kaffee.

Danach redeten wir über das Fußballspiel auf der Konsole. Wir diskutierten, welcher Spieler am besten in unser Team passen würde. Mein Bruder wollte Robert Lewandowski verpflichten. Ich wehrte mich dagegen und beharrte auf Raheem Sterling. Wir beendeten unsere Diskussion, als ein Fotoalbum von Opa Bruno herumgereicht wurde. Die Bilder zeigten ihn in jungen Jahren. Ich fragte mich, was dieser Mann für ein Leben geführt hatte, bevor er mein Großvater wurde. Ich fragte mich, worüber Opa Bruno nachgedacht hatte, als er in meinem Alter war. Welche Lebensträume hatte er sich ausgemalt? Waren sie in Erfüllung gegangen? Woran hatte Opa Bruno gedacht, als er im Sterben lag? Als Pfarrer war er dem Tod oft begegnet. Hatte er sich gefürchtet, als sein eigener nahte? Hatte Opa Bruno an das Weiterleben im Himmel geglaubt, als ihm das Blut in den Schädel sickerte? Was sah er vor sich, als ihm die Kraft aus den Fingern schwand und es vor seinen Augen schwarz wurde. Dachte er an die Liebe, den kühlen Wind beim Mopedfahren, an die Menschen aus seinen Gemeinden, ihre schönen und traurigen Geschichten? Niemand wusste es. Ich bestellte einen Kakao mit Sahne und lauschte den Anekdoten, die über meinen Großvater erzählt wurden. Ich dachte an das Foto neben dem Küchenfenster, aber sagte nichts. Später verabschiedeten sich alle auf dem Parkplatz. Ich konnte es kaum erwarten, wieder in die Stadt zu fahren.

Vier Tage später stieg ich am Erfurter Bahnhof in den Zug. Der ICE hatte Verspätung. Ich verpasste den Anschluss nach Wien. Mir blieb eine Stunde am Bahnhof in Salzburg. Ich war hungrig und zerrte meinen Koffer in den SPAR. Anstatt etwas zu kaufen, dass mich satt machen würde, legte ich Wasabi-Nüsse, Käsestangen und zwei Dosen Red Bull Cola auf das Kassenband. Ich bekam Kopfschmerzen und ging nach draußen. Der Himmel war sternenlos. Ich setzte mich auf meinen Koffer, aß die halbe Packung Wasabi-Nüsse und kippte zwei Dosen Red Bull Cola hinterher. Auf meinen Kopfhörern lief *Raindrops* von Metro Boomin, als vor dem Bahnhof eine Schlägerei ausbrach. Sofort kamen drei Polizeiwagen angefahren. Die Situation wurde unübersichtlich. Die Polizisten warfen mehrere Leute zu Boden und legten ihnen Handschellen an. Ich saß mit brennendem Mund auf dem kaputten Koffer, hörte Metro Boomin und sah dabei zu. Ich dachte an die Ereignisse der letzten Tage. An die kleine Stadt. An den Supermarkt und die Schule. An die Bar, die Buchhandlung, den Marktplatz. An das Haus und die Stille. Die Kirche, den Friedhof, den Wald. Die Heimat lag hinter mir. Ich wollte die vergangenen Geschehnisse ordnen, sie in einen Zusammenhang bringen und eine Bedeutung darin finden. In zwei Stunden würde ich wieder in Wien sein. Ich würde mein Leben weiterführen in Cafés und Bibliotheken, zwischen unklaren Gefühlen und unnötigen Zigaretten. Im Zug nach Wien schlief ich ein und vergaß, wo ich war. Als ich aufwachte, wusste ich es wieder.

Der Markplatz, zwischen Buchhandlung und Kirche.

INSOMNIA

Ich lege mich auf den Fußboden der Toilettenkabine. Nach einer Weile habe ich die bequemste Position gefunden. Ich muss meine Beine anwinkeln, um sie auf dem Toilettensitz zu platzieren. Mein Kopf lehnt an der abgeschlossenen Tür. Für diese Position gibt es einen medizinischen Fachausdruck: Schocklagerung. Sie wird angewandt, um den Blutrückfluss ins Herz zu fördern. Ich bin in einem Krankenhaus, aber mein Herz ist gesund. Ich bin nur müde.

Tatsächlich müsste ich gerade auf der Neurologie-Station sein. Bevor das Semester begann, habe ich ein Dokument unterzeichnet, welches mich verpflichtet, an allen Kursen teilzunehmen. Die finanzielle Förderung meines Auslandsaufenthaltes hängt davon ab. Das *Klinische Praktikum Neurologie* ist der letzte Kurs, den ich absolvieren muss. Eigentlich sollte ich im Moment Patienten untersuchen, ihre medizinischen Akten lesen und Behandlungsverläufe verstehen. Stattdessen liege ich in weißer Ärztekleidung auf dem Toilettenboden der Herrenkabine. Meine Armbanduhr zeigt 9:03 Uhr. Ich muss noch eine Stunde aushalten, bevor ich das Krankenhaus verlassen kann. Um das *Klinische Praktikum Neurologie* zu absolvieren, muss ich täglich meine Anwesenheit bestätigen. Im Sekretärinnen-Büro liegt eine Liste, die ich dafür unterschreiben muss. Laut den offiziellen Angaben geht der praktische Krankenhausunterricht bis 13 Uhr. Das kann ich nicht hinnehmen. Ich bin ein Erasmus-

Student, der die Stadt entdecken und Erlebnisse sammeln will. Am Anfang des Praktikums bin ich tatsächlich bis 13 Uhr geblieben. Mittlerweile unterschreibe ich die Anwesenheitsliste um 11 Uhr. Die Sekretärin scheint nicht zu ahnen, dass ich im Anschluss nicht auf die Station, sondern nach Hause gehe.

Heute ist mein letzter Praktikumstag. Ich will um 10 Uhr im Sekretariat auftauchen, die Anwesenheitsliste unterschreiben und gehen. Das ist riskant, aber an meinem letzten Tag im *Klinischen Praktikum Neurologie* will ich dieses Risiko eingehen. Um eine Stunde auf der Toilette zu verbringen, habe ich mir mein Handy, meine Kopfhörer und ein Buch mitgenommen. In der Umkleidekabine gibt es 20 Spinde. Am Vormittag läuft der Krankenhausbetrieb auf Hochtouren. Es ist unwahrscheinlich, dass zu dieser Zeit ein Arzt oder Pfleger herkommt, um auf die Toilette zu gehen. Mit dieser Gewissheit mache ich es mir auf dem Fußboden bequem und schlage das Buch auf. Nach ein paar Seiten fallen mir immer wieder die Augen zu. Ich setze die Kopfhörer auf, höre eine Entspannungsmeditation und folge den Anweisungen der sanften Stimme.

Einatmen, Ausatmen.

Gedanken beobachten.

Gedanken loslassen.

Meine Beine kribbeln, der Kopf wird immer schwerer. Ich drehe mich zur Seite und schließe die Augen. Mein Bewusstsein versinkt.

Einatmen.

Ausatmen.

Gedanken beobachten.

Ich sehe mich von außen, wie ich in meinen weißen Klamotten auf der Krankenhaustoilette liege. Ich denke an das Sekretariat und die Ärztinnen auf der neurologischen Station, wie sie genau in diesem Moment bemerken, dass ich nicht da bin. Wie mein Versäumen auffliegt, ich den Kurs nicht bestehe und die finanzielle Förderung nicht bekomme.

Gedanken loslassen, sagt die Stimme.

Ich sehe mich -

mit achtzehn Jahren. Die Schulleiterin überreicht mir das Abschlusszeugnis. Ich habe die beste Note des Jahrgangs, aber freue mich kaum. Drei Monate später beginnt das Studium in einer neuen Stadt. Im Wohnheimzimmer stehen ein schmales Bett, ein Kleiderschrank und ein Schreibtisch. Wenn ich nachts das Fenster ankippe, halten mich die vorbeifahrenden Autos wach. Am Morgen muss ich sehr früh aufstehen, gieße löslichen Kaffee auf, esse Brot mit Marmelade und fahre zur Uni. Der Hörsaal ist immer voll. Ich dränge durch in die Sitzreihen und versuche zuzuhören. Die Professoren erklären den menschlichen Körper, jedes Detail erscheint wichtig. Am Nachmittag komme ich zurück, koche neuen Kaffee und lerne, bis es dunkel ist. Ich lege den Anatomie-Atlas auf meinen Nachttischschrank und gehe duschen. Danach schaue ich mir bis zur letzten wachen Sekunde die Knochen, Muskeln und Blutgefäße an. Wenn ich das Licht ausmache, weiß ich, dass der nächste Tag genauso wird.

An einem Wochenende im ersten Semester fahre ich nach Berlin. Dort findet ein Kongress für Studierende statt. Er wurde in der Uni beworben und soll chirurgisches Interesse fördern. Ich fahre mit dem Bus hin. Der Kongress findet an der Charité statt. In dem Hörsaalgebäude gibt es belegte Brötchen und Orangensaft. An verschiedenen Ständen werben Kliniken mit Arbeitsplätzen. Ich rede mit einem Oberarzt, er hat dünne, graue Haare und sagt:

„Sie haben noch viel Zeit."

Nach dem Kongress laufe ich über das Charité-Gelände. Die Gebäude sehen trostlos aus. Ich bleibe vor dem Zentrum für Neurochirurgie stehen. Ein Krankenwagen fährt mit Sirene vor, die Sanitäter schieben eine Rolltrage hinein. Darauf liegt ein Mann mit blutendem Schädel. Ich warte einen Moment und folge ihnen. Als ich drin bin, sind sie verschwunden. Um nicht herumzustehen, gehe ich zum Kaffeeautomaten. Ein Pfleger kommt und fragt:

„Kann ich ihnen helfen?"

Ich sage: „Nein, danke", gehe wieder hinaus und schaue auf meine Uhr. Es ist spät geworden, der Bus fährt in einer Stunde. Ich muss mich beeilen, renne zur Ring-Bahn und fahre vier Stationen, bis mir auffällt, dass es die falsche Richtung ist. Ich muss zurück, aber die Bahn fällt aus. Als ich am Südkreuz bin, ist der Bus ohne mich abgefahren. Ich gehe zum Bahnschalter und frage die Dame, was die billigste Zugalternative ist. Sie stellt mir ein Ticket aus. Die Fahrt dauert sechs Stunden. Ich sitze im Fahrradwaggon und beuge mich über den Anatomie-Atlas. Ich darf nicht schlafen, weil es vier Umstiege gibt. Als ich endlich zurück im Wohnheim bin, ist die Sonne schon aufgegangen. Ich ziehe die Jalousie zu. Am späten Nachmittag weckt mich der Regen. Es ist Sonntag. Ich kippe das Fenster an, koche Kaffee und lerne bis Mitternacht im Anatomie-Atlas. In den nächsten Wochen lerne ich immer öfter bis spät in die Nacht und verliere das Zeitgefühl. Die Wochenenden sind entspannter, weil ich nicht in die Uni muss und den ganzen Tag lernen kann. Ich trinke den letzten Kaffee um 21 Uhr und bleibe in der Bibliothek, bis sie schließt. Jeden Tag schreibe ich mir einen Plan, der erledigt werden muss. Zwei Stunden Anatomie, zwei Stunden Physiologie, Mittagessen, drei Stunden Biochemie, Sport, zwei Stunden Anatomie Wiederholung, eine Stunde Physiologie Seminar Vorbereitung. Ich schaffe nie, was ich mir vornehme. Am schwierigsten wird es, wenn ich am Wochenende zu meiner Familie fahre. Die Autofahrt dauert drei Stunden. Manchmal lege ich mir Karteikarten auf das Armaturenbrett. Am Sonntag muss ich wieder zurück, weil am Montag Pflichtseminare stattfinden. Wer zweimal fehlt, muss die Seminare im nächsten Jahr wiederholen. Man darf nicht darüber nachdenken. Bevor ich im Auto nach Hause fahre, muss der

Lernplan erledigt sein. Deswegen sind schon alle im Bett, wenn ich am Freitagabend ankomme. Ich packe den Kofferraum voller Bücher und muss zweimal gehen, um alle in die Wohnung zu tragen. Am Sonntag reise ich wieder ab. Auch hier muss der Lernplan erledigt sein, bevor ich mich ins Auto setze. Wenn wir am Tisch gemeinsam Abendessen, lege ich den Anatomieatlas neben meinen Teller. Wenn die anderen fernsehen, lerne ich mit Kopfhörern weiter. Irgendwann gehen sie schlafen. Meine Mutter kocht eine große Thermoskanne Kaffee, stellt ihn neben mich und sagt:

„Fahr nicht so spät los."

Ich fahre los, wenn der Lernplan erledigt ist.

Die Monate ziehen vorbei. Das dritte Semester ist besonders schwer. Im Oktober passiert es. Ich bin für ein Wochenende bei der Familie. Es ist sehr spät, als ich die Lehrbücher zuschlage. Die anderen schlafen schon lange. Die Uhr zeigt eins, es ist bereits Montag. Ich wärme den Kaffee in der Mikrowelle auf, trage die Bücher zum Auto und fahre los. Um 8 Uhr habe ich ein Seminar. Es gibt zwölf Seminartermine, man darf zweimal fehlen. Also könnte ich auf dem Sofa schlafen, am nächsten Morgen mit meiner Mutter frühstücken und alles wäre in Ordnung. Aber ich kann nicht. Ich muss fahren.

Auf der Autobahn ist es stockfinster. Manchmal tauchen Rücklichter auf, dann verschwommene Scheinwerfer, Tankstellen, Sterne. Die Strecke geht lange geradeaus. Nach einer Stunde werde ich müde, fahre bei einer Tankstelle ran und kaufe zwei Dosen Red Bull. Die erste trinke ich direkt, die zweite hebe ich für später auf. Nach einer halben Stunde werde ich wieder müde. Im Kofferraum ist eine Wolldecke. Ich fahre an einen Parkplatz, klappe die Rückbank um und lege mich in den Kofferraum zwischen die Bücher. Während ich atme, beschlägt die Scheibe. Nach 30 Minuten Halbschlaf weckt mich das Handy. Ich krieche aus der Heckklappe, setze mich ans

Steuer und fahre weiter. Ich öffne den zweiten Energydrink, mache das Fenster auf, drehe ACDC laut und kneife mir in den Oberschenkel. Später beiße ich mir auf die Zunge, bis es nach Metall schmeckt. Bringt nichts. Meine Augen fallen zu.

Das erste Mal kurz.

Das zweite Mal länger.

Das dritte Mal –

die Polizei sperrt die Autobahn. Ich kann nicht erklären, wie es passiert ist. Ich muss viele Formulare ausfüllen. Um vier Uhr kommt der Abschleppwagen. Ich setze mich auf den Beifahrersitz. Auf der Ladefläche steht mein Auto. Der Fahrer schreibt *Totalschaden* in seinen Bogen und fragt:

„Alles gut?"

„Ja", sage ich.

Am Horizont geht die Sonne auf. Der Abschleppwagen hält auf einem großen Parkplatz. Ich muss ein letztes Formular unterschreiben. Der Fahrer erklärt mir, wo die Bushaltestelle ist. Bis zur Universität sind es 30 Kilometer. Ich nehme die wichtigsten Bücher aus dem Kofferraum. Der Fahrer sieht dabei zu. Ich packe die Bücher in meinen Rucksack, ziehe die Warnweste aus und gehe zur Haltestelle. Der Bus hat Verspätung. Ich setze mich in die erste Reihe und sehe die Sonne über der Stadt aufgehen. Es ist ein sehr schöner Tag. Mir bleibt keine Zeit, um den Rucksack ins Wohnheim zu schaffen. Ich nehme die Straßenbahn zur Universität. Das Seminar hat schon begonnen. Ich bin acht Minuten zu spät. Der Professor stellt die ersten Fragen. Ich entschuldige mich und nehme Platz. Die Warnweste hängt aus meinem Rucksack. Ich stopfe sie hinein, lege die Bücher auf den Tisch und bin nicht mehr müde. Obwohl ich nur ein paar Sekunden geschlafen habe, waren es zu viele. Niemand weiß es. Der Professor sieht mich an und fragt -

jemand rüttelt an der Toilettentür. Die Klinke bewegt sich auf und ab. Ich versuche, mich aufzurichten. Meine Beine sind taub. Ich muss sie vom Toilettensitz heben, dann ziehe ich mich an der Türklinke nach oben. Ein Schmerz sticht mir in den Rücken. Langsam kommt das Gefühl in die Beine zurück. Wieder rüttelt jemand an der Tür. Aus der Umkleidekabine höre ich Stimmen. Es muss eine Gruppe sein. Ich verstehe nicht, worüber sie reden. Offensichtlich will einer von ihnen auf die Toilette. Ich hoffe, dass sie einfach wieder weggehen. Wahrscheinlich denken sie, dass die Toilette zufällig belegt ist und gleich wieder frei wird. Die Menschen in der Umkleidekabine können nicht wissen, dass ihr Bedürfnis zu urinieren, mich aus dem Schlaf geweckt hat. Ich muss warten, bis das Kribbeln in den Füßen verschwindet. Mir läuft die Zeit davon. Jede Minute, die vergeht, wird sich befremdlicher anfühlen, wenn ich die Tür aufschließe und den Männern entgegentrete. Außerdem habe ich das Buch und die Kopfhörer dabei. Die Taschen meiner Arzt-Hose sind zu klein, um beides darin zu verstecken. Es gibt nur eine Möglichkeit:

Ich öffne den Hosenbund und klemme das Buch zwischen meine Schenkel, direkt unter den Hoden. Dann mache ich die Hose wieder zu und laufe auf der Stelle. Wenn ich kleine Schritte mache, funktioniert es. Die Kopfhörer muss ich in die Hand nehmen und den Arm so drehen, dass man sie von vorne nicht sieht. Ein Testdurchlauf wäre gut, dafür ist keine Zeit. Ich überlege, was ich sage, wenn die Menschen vor mir stehen, streiche mein weißes Polo-Shirt glatt und überprüfe die Position des Buches zwischen meinen Schenkeln. Obwohl schon viel Zeit vergangen ist, frage ich *Jimmy*, was er tun würde.

Jimmy heißt eigentlich James McGill. Er ist Anwalt und weiß, wie man sich aus brenzlichen Situationen befreit. Er kann überzeugend lügen und bleibt von der Ernsthaftigkeit des Lebens stets unbeeindruckt. Eigentlich ist *Jimmy* nur eine Nebenfigur in der TV-Serie *Breaking Bad*. Später hat *Jimmy* seine eigene Serie bekommen. Ich habe alle sechs Staffeln geschaut und versucht, von *Jimmy* zu lernen. Zum Beispiel, dass man im Leben manchmal spielen muss, und für schlechte Karten nur eine gute Strategie braucht. *Jimmy* ist ein Meister darin, sich an willkürlichen Festlegungen vorbeizuschlängeln. In meinem Studium habe ich mich vielen willkürlichen Festlegungen unterworfen. Ich habe viele Dinge sehr ernst genommen und war gelenkt von der Angst zu versagen. Ich habe das Gefühl zu meinen Gefühlen verloren und wichtige Menschen gehen lassen, ohne mich nach ihnen umzusehen. Irgendwann wurde ich müde. Sehr müde. Wegen Prüfungsordnungen, Anwesenheitspflichten, Wiederholungsklausuren, Fehlterminen, Staatsexamen, Anträgen, Zulassungen, Ablehnungsbescheiden, Lehrmaterialien, Klausurinhalten und schweren Büchern. Ich hatte keine Zeit mehr, bis es zu spät war.

Jetzt stehe ich in der Toilettenkabine, öffne das Schloss und laufe mit kleinen Schritten hinaus. *Jimmy* wäre stolz.

Eine Stunde später. Ich steige am Ernst-Happel-Stadion aus der U-Bahn. Der Würstelstand auf dem Parkplatz hat geöffnet. Ich bestelle einen Käsekrainer mit Senf, dazu Cola Zero. An einem Stehtisch essen zwei Männer von Papptellern. Sie tragen Adidas-Jacken mit Rapid-Wien-Logo. Ich stelle mich an einen Tisch und beiße in die Käsekrainer. Das Fett tropft auf meine Jacke. Die Männer stecken sich Zigaretten an. Wahrscheinlich haben sie Mittagspause. Als sie gehen, bin ich der einzige Gast. Nach dem Käsekrainer trinke ich die halbe Flasche Cola Zero. Die Sonne kommt heraus. Ich habe das *Klinische Praktikum Neurologie* hinter mich gebracht. Mit Käsekrainer, Sonne und Cola feiere ich meine eigene kleine Party. Ich muss zurückdenken, wie ich vor einer Stunde noch in der Toilettenkabine stand, die Tür aufmachte und sie vor mir sah:

Die Stimmen aus der Umkleidekabine gehörten einer Gruppe von vier Jungen. Sie mussten in meinem Alter sein. Ich war mir sofort sicher, dass sie Studenten sind. Wir sahen uns in die Augen. Sie überlegten, ob ich Arzt bin. Ich sagte:

„Servus."

Die Jungs antworteten:

„Servus."

Dann ging ich in kleinen Schritten zu meinem Spind. Sie beobachteten mich. Die Kopfhörer in meiner Hand waren ihnen nicht aufgefallen, weil ihre Wahrnehmung von falscher Ehrfurcht getrübt wurde. Ich wusste es, weil ich genauso war. Das Krankenhaus ist ein sehr hierarchischer Arbeitsplatz. In der Ärzteschaft ist man als Student grundsätzlich das letzte Glied. Man kann nichts, weiß nichts und fällt nur auf, wenn man Probleme macht, wie ein Blinddarm. So viel dazu. Ich brauchte also ein Ablenkungsmanöver, um mich von meinem Buch und den Kopfhörern zu entledigen.

„Auf welcher Station seid ihr eingeteilt?", fragte ich und warf im selben Moment die Kopfhörer in den Spind.

„Auf der HNO. Und du?"

Ich griff mir meine Wasserflasche und trank kleine Schlucke.

„Auf der Neurologie", sagte ich.

Die Studenten erzählten mir von ihrem Praktikum. Am Anfang waren sie zurückhaltend, doch umso länger ich vor dem Spind stand und Wasser trank, umso sicherer konnten sie sein, dass ich kein Arzt war. Auch ich hatte befürchtet, in der Umkleidekabine auf Ärzte zu stoßen. Obwohl ich vor den Studenten nichts zu verlieren hatte, wollte ich meine Täuschung fortführen. Wahrscheinlich hätte es sie amüsiert, wenn ich die weiße Hose aufgeknöpft und mein Buch rausgeholt hätte. Aber ich wollte den Plan vollenden. Vielleicht war *Jimmy* zu tief in meinen Kopf eingedrungen.

Um das Buch in den Spind zu bekommen, musste ich warten, bis sie die Umkleidekabine verlassen. Es machte nicht den Anschein, dass dies in den nächsten Minuten passiert. Aber ich konnte nicht länger rumstehen und Wasser trinken.

„Ist es auf eurer Station zach?", sagte ich.

„Ja. Ja", bestätigten sie nacheinander.

„Bei mir auch", sagte ich und gab mir Mühe, sympathisch zu klingen.

Meine Frage war billig, doch sie nahm ihnen die letzte Skepsis. Wir tauschten unsere Erfahrungen, beklagten uns über die gestressten Ärzte und die vielen Stunden, welche wir im Krankenhaus verbracht hatten.

„Wie lange müsst ihr dableiben?", fragte ich.

„Laut Stundenplan bis 13 Uhr", antwortete einer.

„Aber wir gehen meistens schon früher", sagte ein anderer.

„Ja, auf jeden Fall", pflichtete ich bei.

Einer von ihnen sagte:

„Wenn es gut läuft, sind wir schon 12 Uhr raus."

„Nice", antworte ich und hielt es für das Beste, ihnen nicht zu sagen, dass 11 Uhr meine Schmerzgrenze war. Zwischen dem Buch und meinen Schenkeln bildete sich ein Schweißfilm. Ich musste etwas tun, damit die Seiten nicht feucht wurden. Im nächsten Moment löste sich das Problem von allein.

Bim Bim. Bim Bim. Bim Bim.

Ein Handyklingeln hallte durch die Umkleidekabine. Die Studenten schauten sich verwirrt um. Es vergingen ein paar Sekunden, bis ich realisierte, dass es mein Handy war. Ich wusste nicht, warum es klingelt, und holte es aus der Tasche. Die Uhr zeigte zehn.

„Ah, das ist mein Timer. Ich muss wieder zurück auf die Station", sagte ich, stellte die Wasserflasche in den Spind und kramte nach meinem Schlüssel.

„Oh ja. Stimmt. Wir auch!"

Die Studenten sprangen auf, als hätte sie mein Wecker an ihr Gewissen erinnert. Sie griffen ihre Stethoskope, verabschiedeten sich freundlich und verließen die Umkleidekabine, ehe ich meinen Spind verschlossen hatte. Ich atmete tief durch, lies die Hose runter und wischte das Buch mit Papiertüchern ab. Die Jungs hatten tatsächlich geglaubt, dass ich einen Timer gestellt hatte, um rechtzeitig auf der Station zu sein. Dabei war es der

Wecker für meinen Toiletten-Schlaf gewesen. Einer von ihnen war dem Alarm zuvorgekommen, als er an der Tür gerüttelt hatte. Ich zog meine Hose wieder hoch, strich das weiße Poloshirt glatt und ging ins Sekretariat. Ich scherzte unentwegt mit der Sekretärin und unterschrieb fast beiläufig die Anwesenheitsliste.

„Heute ist ihr letzter Tag, oder?", fragte sie, als ich in der Tür stand.

„Genau."

„Dann müssen sie heute bestimmt nicht bis 13 Uhr bleiben", sagte die Sekretärin.

„Das wollen wir hoffen!", sagte ich und lachte. Die Sekretärin lachte zurück.

Ich schloss die Tür hinter mir und es war vorbei.

Eine Stunde ist seitdem vergangen. Ich stehe vor dem Stadion, esse meine Käsekrainer und kann es kaum glauben. Die Verkäuferin kommt aus dem Würstelstand, stellt sich in die Sonne und raucht eine Zigarette. Mir ist ein wenig übel vom Fleisch und dem geschmolzenen Käse. Als die Verkäuferin wieder in den Würstelstand geht, bestelle ich einen Kaffee und frage:

„Haben sie eine Tschick für mich?"

Sie wirft ihre Pall-Mall Packung hin und stellt den dampfenden Kaffee daneben.

Ich bedanke mich und gehe wieder zum Stehtisch. Große Erleichterung. Ich habe alle Kurse der Universität absolviert und werde die finanzielle Förderung bekommen. Der halbe Tag liegt noch vor mir. Ich möchte schöne Dinge tun. Ich könnte in den neunten Bezirk fahren, bei *Coffee Pirates* einen Flat White holen, danach einen Roman bei *Facultas* kaufen, mich in den Park setzen und lesen, bis es kalt wird. Ich könnte meine Familie und Freunde anrufen. Wie soll ich ihnen erklären, dass ich auf der Krankenhaustoilette geschlafen habe und stolz darauf bin. Meine Bemühungen, die Studenten zu täuschen, würden ihnen absurd vorkommen. Vielleicht ist es besser, niemandem davon zu erzählen. Es gibt keinen Zusammenhang zwischen dem Schlaf auf der Krankenhaustoilette und jener kalten Herbstnacht, als mein Auto in die Leitplanke krachte. Erst wenn ich davon erzähle, verbinden sich die Ereignisse zu einer Erklärung. Ich beschließe, es nicht zu tun, drücke die Zigarette aus, bedanke mich bei der Verkäuferin und gehe zur U-Bahn. Später setze ich mich nicht in ein Café, kaufe mir kein Buch und laufe nicht durch den Park. Nein.

Ich fahre nach Hause und schlafe.

Lange, tief und fest.

Vor allem fest.

SECHSHUNDERT

1

Gemischte Gefühle.

So schreibt sie es in ihr Tagebuch. Der Gedanke, einen älteren Eintrag zu lesen, macht ihr Angst. In letzter Zeit hatte sie oft gemischte Gefühle. Gefühle sind immer vermischt. Wann ist man schon ausnahmslos glücklich. Gestern war sie es, vielleicht. Die Nacht im Club, ihre Freunde, das rote Licht, der Nebel auf der Tanzfläche, die wenigen Sekunden, in denen sich ihr Körper wie von selbst bewegte und sie glaubte, dass alles gut wird. Es war in diesem Moment, als sie ihm eine Nachricht schreiben wollte. Dann wurde sie unsicher, ob ihre Zuversicht echt ist und ließ es bleiben.

Heute sind nur graue Wolken am Himmel. Es ist schon Nachmittag, als sie einen Spaziergang macht. Sie geht ihre Lieblingsrunde durch den Stadtpark, zu dem kleinen See. Dort kann man den Schwänen zuschauen, wie sie ihre Köpfe ins dunkle Wasser stecken. Sie würde am liebsten hineinspringen und die Kälte spüren. Abtauchen, Augen öffnen, nach oben sehen. Vögel, Flugzeuge, Wolken, Menschen. Alles gleich von hier unten. Die ganze Nacht am Ufer sitzen, den Schwänen beim Schlafen zusehen. Nein, das ist nicht möglich. Sie steht am Wasser, als ein Gewitter aufzieht. Der Wind treibt das Laub durch den Park. Sie geht zurück. Auf dem Heimweg läuft sie an den schönen Häusern vorbei. Alte Villen in französischen

Farben, hohe Fenster, verzierte Balkons. Die Menschen darin sehen glücklich aus. Sie trinken Rotwein, schneiden Zucchini und Auberginen, stehen vor Plattenspielern und Bücherregalen, bewegen sich im warmen Licht. Sie geht weiter. Der Spielplatz taucht auf. Im Sommer tummeln sich hier die Kinder, lachen, bauen Burgen, graben unterirdische Gänge, rufen nach ihren Eltern. Jetzt ist der Spielplatz leer. Die zwei Schaukeln baumeln im Wind. Es ist gefährlich, die Bäume könnten brechen. Sie geht am Spielplatz vorbei. Nach ein paar Metern dreht sie sich um, läuft zu den Schaukeln, wischt den Regen ab und holt Schwung.

Vor, zurück. Vor, zurück. Hoch, höher. Bis der Bauch kitzelt.

Ihre Finger umklammern die Seile. Der Wind peitscht ihr ins Gesicht. Noch ein bisschen höher, und spring! Ihre Füße rutschen in den Kies. Sie fällt nach vorne und fängt sich mit den Händen ab. Das linke Knie schmerzt. Sie tritt aus den Fußspuren und begutachtet den Abstand zur Schaukel. Es war ein guter Sprung, bestimmt einen halben Meter über das Ende der Sitzbank hinaus.

Bis dahin musst du es schaffen, hatte sie zu ihm gesagt, damals, als sein Abschied noch Wochen entfernt lag. Sie hatten stundenlang Tischtennis gespielt, er hatte gewonnen, ihr einen Kuss gegeben und Mate aus dem Supermarkt geholt. So waren die Regeln. Danach wollte sie schaukeln gehen. Er sagte, ich kann das nicht. Sie lacht. Er sagte, doch wirklich. Sie lacht wieder. Er setzte sich auf die Schaukel wie ein hartes Brot. Sie sagte, das lernt man als Kind. Er sagte, ich nicht. Egal, du bist noch klein genug, sagte sie. Dafür ist mein Bizeps groß. Sie lachte und sagte, dein Gehirn hoffentlich auch. Es dauerte eine Weile, bis er den Dreh raushatte. Beine vorstrecken, Oberkörper zurücklehnen, am höchsten Punkt in die Gegenbewegung. Sie setzte sich auf die andere Schaukel. Als die Schaukel in Schwung kam, fing er an zu lachen, bis ihm Tränen in die Augen stiegen. Jetzt springen wir ab, sagte sie. Ihre Füße landeten im Kies. Er kam hinter ihr zum Stehen. Sie hob die Arme zum Himmel und sagte, die Gewinnerin bekommt etwas. Ihre Fußabdrücke waren auf Höhe der Sitzbank. Er klopfte sich den Staub von den Schuhen, ging zu ihr, küsste sie.

Seitdem sind Monate vergangen. Jetzt sind nur ihre Fußabdrücke im Kies. Ihr Knie schmerzt. Sie holt das Handy aus der Tasche. Der Regen tropft auf das Display. Sie macht ein Bild von den Abdrücken im Kies, man sieht die Bank daneben.

Na, was sagst du? schreibt sie darunter, schickt es ihm und geht nach Hause.

Die letzten Meter bis zur WG läuft sie im strömenden Regen. Im Zimmer dreht sie die Heizung auf, zieht ihre Kleidung aus und lässt sich ein Bad ein. Sie legt das Handy ins Zimmer, um nicht darüber nachzudenken, was er auf ihre Nachricht antwortet, oder wann. Sie bleibt in der Wanne, bis das Wasser kalt ist. In der Küche hat ihre Mitbewohnerin Hagebutten-Tee gekocht. Sie gießt sich eine Tasse ein, geht in ihr Zimmer und betrachtet die Polaroid-Bilder über dem Bett. Auf einem sieht man die albanische Rivera, ein leerer Strand mit feuerroter Sonne. Das war damals, im Sommer. 4000 Kilometer mit dem Auto, nur er und sie. Dass er im Winter weg sein wird, war damals nur ein Gedanke. Sie will das Bild nicht länger ansehen und geht ins Bett. Sie muss einschlafen. Mit etwas Liebe wäre es leichter. Sie versucht, sich an die schönen Momente zu erinnern. Albanien, das blutende Meer, die Freiheit. Es funktioniert manchmal, heute nicht. Seit Monaten ist von ihm nur ein verpixeltes Gesicht auf dem Handy übrig. Ein verpixeltes Gesicht, dass von der großen, aufregenden Stadt erzählt. Sie weiß nie, was sie dazu sagen soll. Die Liebe besteht aus virtuellen Gesprächen, Erinnerungen und Textnachrichten.

Ein Hacken, zwei Hacken, graue Hacken, blaue Hacken, zuletzt online.

22:21 Uhr.

22:21 Uhr war er zuletzt online und hat nicht geantwortet.

Ihre Nachricht mit dem Bild von der Schaukel hat zwei blaue Hacken. Er wird antworten, es ist alles in Ordnung, warum sollte nicht alles in Ordnung sein, denkt sie und schreibt:

Gute Nacht <3

Dann legt sie das Handy weg. Das Gewitter hat sich beruhigt. Sie wartet auf ihren Schlaf. Er kommt nicht. Sie streckt sich nach dem Handy aus, der helle Display blendet. Sie schreibt:

Das ist die Schaukel am Spielplatz. Ich bin heute richtig weit gesprungen. Ich freue mich schon, wenn wir das nächste Mal zusammen dort sind.

Sie legt das Handy weg und wartet auf ihren Schlaf. Er kommt nicht. Sie nimmt das Handy wieder. Hinter ihrer Nachricht sind zwei blaue Hacken. Sie schreibt:

Warum antwortest du nicht?

Jetzt wird der Schlaf kommen.

2

Er sitzt in der Straßenbahn, schlägt sein Notizbuch auf und starrt auf die leere Seite. Die Bahn bremst. Er schlägt das Notizbuch wieder zu und steigt an der Universität aus. Die Votivkirche strahlt in der Nacht. Großstadtabend. In den Restaurants und Cafés sind alle Tische besetzt. Durch die großen Fenster sieht man lachende Gesichter. Genuss, Wohlstand, das leichtere Leben. Ihm bleibt noch Zeit, bis die Lesung anfängt. Er setzt sich in den Votivpark und raucht. Die Aufregung wird weniger, ist aber immer noch zu viel. Er macht Musik an. Seine Gedanken kreisen um die Zukunft, die Zigarette verglüht, es wird langsam kalt. Er schreibt einen Satz in sein Notizbuch: Ich verstehe es nicht.

Auf dem Weg zur Lesung zittern ihm die Hände. Er navigiert sich durch die Gassen. Vor dem Lokal warten junge Leute. Er bleibt stehen und redet sich den Selbstzweifel aus, damit die Hände nicht mehr zittern. Als er losgeht, vibriert das Handy in der Tasche. Eine Nachricht von ihr.

Na, was sagst du?

Ein Foto, die Schaukel, ihre Fußabdrücke im Kies.

Die Antwort muss warten, bis er wieder bei sich selbst ist. Er steckt das Handy in die Tasche und geht in die Bar. Die Zuhörer sitzen schon bereit. Er liest seinen Text mit zittrigen Händen vor. Das Publikum klatscht. Er setzt sich hin und hört den anderen Lesenden zu. Sie haben Freunde dabei. Als die Lesung zu Ende ist, formiert sich das Publikum in kleine Gruppen. Er steht allein und bestellt einen Wein. Neben ihm unterhält sich eine Gruppe über die Texte. Unter ihnen ist ein Mädchen, das selbst vorgelesen hat. Ein Junge aus der Gruppe kommt herüber, lobt seinen Text und sagt, wir wollen noch ausgehen, kommst du mit?

Die Gruppe geht ins *Chelsea*. Der Wein verdrängt ihm die Gedanken. Der Junge stellt ihn in der Gruppe vor. Er redet mit dem Mädchen, das auch gelesen hat und lobt ihren Text über Online-Dating. Das Mädchen bietet an, Telefonnummern auszutauschen. Sie nennt es kreativer Kontakt. Vielleicht geht es um mehr. Er weiß es nicht, tippt seine Nummer in das Handy und denkt an ihre Nachricht.

Im *Chelsea* läuft Rockmusik. Die Gruppe legt ihre Klamotten am Tisch ab. Er geht zur Bar, bestellt ein teures Bier und setzt sich dazu. Es ist sehr laut. Die Gruppe redet über Politik. Es ist anstrengend, ihnen zuzuhören. Sie fragen, was denkst du darüber. Er sagt etwas, das ihnen gefällt. Der DJ spielt Red Hot Chilli Peppers. Das Mädchen von der Lesung geht auf die Tanzfläche. Sie sieht in seine Richtung, in ihren Augen ist so etwas wie Erwartung. Er schaut weg, trinkt sein Bier aus. Ein junges Paar setzt sich an den Tisch. Sie sprechen Französisch. Er versteht nichts. Der Franzose beugt sich herüber und fragt, are you good? Er hat helle, freundliche Augen. Seine Freundin lächelt. Der Franzose stellt ein paar Fragen. Sie reden über die Bretagne. We need some alcohol, sagt der Franzose und holt Drinks von der Bar, gibt seiner Freundin einen Kuss. Das Paar steht auf und tanzt neben dem Tisch. Er sieht dabei zu. Neben ihm redet die Gruppe weiter über Politik. Er möchte weg oder zu ihr. Der Franzose kommt und fragt, do you want to smoke something? Er nickt und geht mit dem französischen Paar nach draußen.

Zu dritt stehen sie an der U-Bahn. Der Franzose zündet den Joint an, reicht ihn seiner Freundin. Das Paar erzählt, wie sie sich kennengelernt haben. Er raucht den halben Joint und hört den beiden zu. Der Franzose redet von Prag, seinem Erasmus-Semester, ihrer Begegnung auf einer Party. Seine Freundin ergänzt Details. Do you ever been to Prag, fragt der Franzose. Yes, sagt er. Das Paar wartet auf seine Geschichte. Er denkt an den Urlaub mit ihr.

Damals, sie kannten sich kaum ein Jahr. Ein kleines Appartement in Vinohrady, die schönen alten Häuser, der Balkon zum Innenhof. Jeden Morgen machte er Frühstück, während sie Zigaretten vordrehte. Er denkt an die Nacht im Jazz Club, als alle Stühle leer waren, das Piano-Trio Brubeck spielte und sie heimlich Wein aus dem Rucksack tranken. Er denkt an das Hotel am Wenzelsplatz, wie sie am Portier vorbeischlichen und im Fahrstuhl aufs Dach fuhren. Die Moldau war nur ein dunkler Streifen. Zuhause dann Liebe, den Schweiß auf dem Balkon trocknen, ihr schlafendes Gesicht.

Er denkt an all das und sagt, Prag is beautiful. Das französische Pärchen lächelt. Sie sind sehr high, er auch. Let's go inside, schlägt der Franzose vor. Sie gehen zurück ins *Chelsea*. Am Eingang steht das Mädchen von der Lesung und sieht ihn mit großen Augen an. Er verabschiedet sich und versucht nett zu sein. Das französische Paar setzt sich an den Tisch. Ein paar Leute sind gegangen. Der DJ spielt *Hotel California*. Der Franzose zieht seine Freundin auf die Tanzfläche. Er sieht dem Franzosen und seiner Freundin zu, wie sie glücklich sind, holt sein Handy aus der Tasche, öffnet den Chat mit ihr. Da ist das Bild von ihren

Fußspuren im Kies, im Hintergrund die Schaukel. Er will darauf antworten. Sie hat drei neue Nachrichten gesendet.

Gute Nacht <3.

Dann *Diese Nachricht wurde gelöscht* und *Diese Nachricht wurde gelöscht.*

Er antwortet auf das Bild von der Schaukel.

Wenn ich wiederkomme, breche ich den Rekord <3

Die gelöschten Nachrichten bedeuten nichts Gutes. Seit er weg ist, kommt es öfter vor. Manchmal bleibt ihm keine Zeit, sie zu vermissen. Jetzt schon.

Träum schön <3 schreibt er.

Die Lesung war gut. Ich freue mich sehr, wenn du bald hier bist.

Er legt das Handy beiseite, sieht zu dem französischen Paar, denkt an Prag, nimmt das Handy in die Hand und schreibt ihr noch mal.

Ich bin einsam und high.

Er will die Nachricht abschicken, tut es nicht. Sie soll sich keine Sorgen machen. Der Franzose kommt zum Tisch und will ihm ein Bier ausgeben. Er sagt, no thank you, und geht.

3

Der Zug rollt aus dem Bahnhof. Sie sitzt am Fenster und sieht den Schnee, der seit einer Woche liegt. Im Winter ist die Stadt sehr ruhig. Wenn ihre Freunde in den Semesterferien nach Hause fahren, bleibt sie hier. Es ist ihre Stadt. Nach der Schule wollte sie weg, aber das Schicksal wollte es anders und gab ihr hier einen Studienplatz.

Der Zug gleitet am Flussufer entlang. Sie hat so viel dort erlebt. Die langen Sommer, das erste Mal betrunken sein, den ersten Kuss. Es war eine schöne Zeit, die irgendwann vorbeiging. Sie hatte nicht verstanden, wie es passieren konnte. Plötzlich stritten die Eltern jede Nacht und das Leben wurde kompliziert. Sie musste auf Zehenspitzen aus der Hintertür schleichen, um Ruhe zu haben. Bis zum Fluss war es nicht weit. Sie blieb nie lange draußen, legte sich nur ans Ufer und wartete. Wenn sie wiederkam, waren die Schreie der Eltern verklungen, im Wohnzimmer lief der Fernseher, auf dem Tisch stand die leere Flasche Wein. Sie ging ins Bett, aß am nächsten Morgen Müsli, schmierte sich die Pausenbrote selbst, stellte die Weingläser in den Geschirrspüler und lief zum Bus. Auf dem Weg zur Schule dachte sie an das hohe Gras, die Nacht und den Fluss. Es fühlte sich nach einem Traum an, also musste es einer sein. Alles war hier passiert. Jeden Tag wird sie von ihrer Stadt daran erinnert. Manchmal ist es schwer, sie noch zu lieben.

Der Zug erreicht Tschechien. In Brünn steigt sie Richtung Wien um. Es gibt viele Dinge, über die sie nachdenken muss. Sie holt ihr Tagebuch heraus und schreibt hinein. *Ich weiß nicht, wohin.* In den letzten Wochen war es besonders schlimm. Sie blättert ein paar Seiten zurück und findet Beweise. *Ich rette mich in den Schlaf* steht da. Auf der nächsten Seite ist ein Satz unterstrichen.

Ich will niemanden brauchen.

Sie weiß, dass man von Menschen nicht abhängig sein sollte. Mit ihm darüber zu reden, ist unmöglich. Wenn sie es vor ihren Freunden anspricht, sagt niemand etwas. Dann reden sie weiter über Ghosting, toxische Beziehungen, Tinder, Bumble, analysieren jede Textnachricht. Sie sitzt daneben, trinkt ihren Kaffee und schweigt.

Bis nach Wien ist es nicht mehr weit. Sie spürt, wie ihre Unsicherheit wächst. Es gibt sie schon sehr lange. Die Unsicherheit kommt aus den Nächten im hohen Gras, die streitenden Eltern waren der Anfang, denkt sie. Es gab Abende, an denen sie nicht aus dem Haus schlich, sondern den Kopf unter die Bettdecke legte, die harten Worte hörte und allein mit ihnen war. Am nächsten Tag waren sie unaussprechlich. Sie wollte das alles vergessen. Seitdem er weg ist, kommen diese Erinnerungen wieder. Sie versteht nicht, wieso. Es gibt keinen Zusammenhang. Seit er weg ist, hat sie viele Leinwände bemalt, Jane

Austen gelesen und für die Uni gelernt. Jedes Mal, wenn er am Telefon fragte, was machst du, klang es wie eine Kontrolle. Sie erzählte ihm von Jane Austen oder einem neuen Kinofilm. Nie von der Vergangenheit, die wie ein Nebel in ihr aufstieg. Auf dem Handy blinkt eine Nachricht auf.

Ist der Zug pünktlich? Freu mich auf dich <3.

Sie schaut auf die Fahranzeige. Eine Stunde bis Wien.

Ja, kommt pünktlich schreibt sie. *Ich mich auch <3.*

Sie kann es kaum erwarten, ihn wieder zu sehen. Sie möchte seine schlechten Witze hören, in seine Augen schauen, seine Finger spüren. Am Zugfenster tauchen Hochhäuser auf. Der Gedanke, dass er sich verändert hat, macht ihr Angst. Sie fragt sich, wie viel Zeit es braucht, bis eine Liebe vergeht. Oder wie man merkt, dass sie vorüber ist.

Die Abendlichter von Wien scheinen in den Zug. Der Schaffner verkündet die Ankunft. Sie packt ihre Sachen in den Rucksack, hebt den Rollkoffer von der Gepäckablage und wünscht sich, dass er am Gleis wartet. Sie will ihn durch das Bahnfenster sehen, aus der Tür springen und in seine Arme rennen. Ein Drama mit Happy End, die Gewissheit, dass alles gut wird. Der Zug fährt in den Hauptbahnhof ein.

Ihr Handy vibriert. Eine Nachricht von ihm.

Meine U-Bahn kam nicht, ich bin etwas später.

Sie will nicht traurig sein, weil es keinen Grund gibt. Der Zug hält, sie hebt den Koffer heraus, stellt sich ans Gleis. Sie schaut nach links und nach rechts und zur Treppe, von der er kommen muss. Neben ihr umarmen sich Menschen. Begrüßungen und Abschiede.

Der Zug fährt weiter, die Menschen gehen. Sie steht allein auf dem Gleis.

Bis er kommt, kann sie noch traurig sein.

4

An diesem Morgen passiert es wieder. Er wacht auf, weiß nicht, wo er ist, und wird für einen Augenblick panisch. Das Tageslicht dringt durch die Vorhänge. Dahinter erscheint Wien, oder eher ein grauer, dreckiger Ausschnitt davon. Heute ist es so weit. Sie kommt in die Stadt und bleibt fünf Tage. Bis zu ihrer Ankunft sind es noch ein paar Stunden.

Er schaltet den Fernseher ein und legt sich wieder ins Bett. Vorgestern hat er alle Möbel umgestellt. Die Lampe in die Ecke, den Kleiderschrank gegenüber, die Couch neben die Tür. Auf dem Fußboden sind die Klamotten verstreut. Das Bett besteht aus zwei einzelnen Betten, die zusammengeschoben sind. Er schläft nur auf der rechten Seite. Manchmal rutschen die beiden Teile auseinander. Er hat alles versucht. Am liebsten hätte er ein Zweimeter-Bett gekauft, um fünf Tage mit ihr darin zu liegen. Das Zimmer fühlt sich fremd an. Er vermisst die dunklen Holzbalken, die Poster an den Wänden, seine DDR-Lampe und ihr braunes Licht, den Sonnenuntergang über den flachen Dächern. Hier ist es anders.

Im Fernsehen läuft eine Talkshow. Er hievt sich aus dem Bett, kocht Espresso, setzt sich auf den Balkon und überlegt, was noch zu tun ist. Er fragt sich, wie es ihr gerade geht. Vielleicht hat sie Angst, ist nervös oder freudig. Er kennt dieses Gefühl, wenn man der Liebe in eine andere Stadt folgt. Letztes Jahr war sie für sechs Monate in Zürich. Es wurde ein heißer Sommer. Er blieb zurück in ihrer Stadt, verbrachte Nachmittage am See, fand neue Freunde. Die Bücher von Karl Ove Knausgård brachten ihn durch diese Zeit. Sie rief oft an und erzählte von Ausflügen in die Berge, schwärmte von der reinen Luft. Er konnte ihre Freude nicht erwidern, wenn sie von fremden Leuten redete. Einmal gab es einen großen Streit, ein Telefonat bis in die Morgenstunden. Er wollte nicht eifersüchtig sein und war es trotzdem.

Sie sagte, alles ist gut.

Er sagte, du bist gegangen.

Das war unfair und falsch und sie weinte.

Er wollte sich entschuldigen.

Danach redeten sie nie mehr darüber. Ein paar Wochen später besuchte er sie in Zürich. Bei einem Picknick im Park sagte er, vielleicht gehe ich nächstes Jahr nach Wien.

Er sagte, dazwischen liegt genug Zeit.

Sie sagte, Zeit wofür. Er sagte, um sich nicht zu verlieren.

Nein. Er sagte es nicht, er dachte es bloß.

Seit diesem Gespräch ist viel Zeit vergangen und es ist genauso passiert. Er sitzt in Wien auf dem Balkon, trinkt Espresso und geht ins Zimmer, um Ordnung zu machen. Saugen, wischen, Müll entsorgen, Waschmaschine anstellen, Bett frisch beziehen. Er will alles richtig machen, sie soll sich wohlfühlen. Er will sie durch das schöne Wien führen, ihr die Mark-Rothko-Bilder in der Albertina zeigen, im Café Jelinek einen großen Braunen trinken und seine Hand auf ihr Bein legen. Nach anderthalb Stunden ist alles aufgeräumt. Er geht mit dem Rucksack zum Supermarkt, kauft Gemüse, Pizzateig, weiße Schokolade. Als er sie das erste Mal in Zürich besuchte, gab es zum Abendessen Nudeln mit Schnitzel. Vorher hatte sie ihn am Telefon gefragt, was wünschst du dir. Panierte Jagdwurst, war seine Antwort. Als er ankam, stand paniertes Schweineschnitzel auf dem Tisch. Er war enttäuscht und getrieben von der Angst, vergessen zu werden. Sie sollte es fühlen. Es scheint lächerlich, wenn er daran zurückdenkt.

An der Supermarktkasse fällt ihm ein Lifestyle-Magazin ins Auge. Er legt es zu dem Einkauf. Zu Hause platziert er das Magazin und die Schokolade auf ihrer Bettseite. Endlich ist alles erledigt. Er will noch mal spazieren gehen und den Kopf frei kriegen, bevor sie da ist.

Kommt dein Zug pünktlich? Freu mich auf dich <3 schreibt er.

Sie antwortet schnell.

Ja, kommt pünktlich. Ich mich auch <3.

Die Donauinsel ist wie ausgestorben. Der Himmel, das Wasser, die Wiesen, alles grau. Am Ufer läuft ein Schiff aus. Wenn der Wind sich aufbäumt, treibt er kleine Wellen über den Fluss. Er denkt an das letzte Gespräch mit ihr. Die Zeit in Zürich haben wir auch geschafft, waren seine Worte. Sie sagte, dieses Mal wird es anders. Er fragte, woher willst du das wissen. Sie sagte, ich weiß es einfach. Nach ihrer Zeit in Zürich hatte sie oft davon erzählt, irgendwann wurde es immer weniger. Seitdem er in Wien war, schien dieses Kapitel ihres Lebens wie ausgelöscht. Etwas anderes füllte ihren Kopf. Sie wollte nicht darüber reden und er nicht darauf warten, dass sie es tat. Vielleicht hatte alles mit seinen Worten aus jener Julinacht zu tun:

Du bist gegangen.

Solche Sätze konnten sich in sie graben.

Der Himmel wird dunkel. Er sieht auf die Uhr, muss sich beeilen, geht zurück, duscht und rennt zur S-Bahn. Er will pünktlich sein, um sie am Gleis zu empfangen. Als er an die Haltestelle kommt, wird ein Zugausfall durchgesagt. Er muss zehn Minuten warten und tippt eine Nachricht in sein Handy.

Die Bahn kam nicht, bin etwas später.

Er sieht auf die Uhr. Sie wird gleich da sein.

Zwischen ihnen liegen nur sechs Kilometer.

Später, als sie sich am Bahnhof in die Arme schließen, sind es wieder 600.

5

Sie sitzen nebeneinander in der S-Bahn. Er hält ihren Koffer fest. Es gibt so viel zu sagen. Sie finden keine Worte dafür. Er schließt die Wohnungstür auf, zeigt ihr das Badezimmer, die Küche, den Balkon. Er fragt, möchtest du rauchen. Sie sagt, seit wann rauchst du wieder. Er zuckt mit den Schultern. Sie sagt, ich will nicht rauchen. Er zündet eine Zigarette an. Sie sieht ihm dabei zu, dreht sich um und verschwindet ins Zimmer. Er sagt nichts und raucht weiter, denkt an den Sommer in Albanien und die Zigaretten in Prag. Ihre Tage in Wien sollen sich wie ein Urlaub anfühlen, der erste Versuch ist gescheitert. Er fragt sich, wie lange es dauern wird, bis es sich wieder leicht anfühlt. Sie ist im Zimmer und räumt ihren Koffer aus. Für Tränen ist es noch zu früh. Jedes Mal, wenn sie einander länger nicht sehen, wird sein Herz kalt. Er schließt die Balkontür, sieht sie am Kleiderschrank stehen, geht zu ihr. Sie reden über irgendetwas, schlafen miteinander. Es ist schnell und hart. Danach bleiben sie liegen, umschlingen sich unter der Bettdecke.

Er sagt, es ist schön, dass du da bist. Sie legt ihren Kopf an seine Brust. Er sieht in die anbrechende Nacht hinaus.

Nach einer Weile sagt sie, kann ich eine Zigarette haben. Er holt die Packung vom Balkon. Sie stellt sich ans Fenster, raucht und denkt an die Eltern, wie sie am Ende nur noch beim Rauchen glücklich aussahen. Er liegt im Bett und schaut sie an. Sie drückt die Zigarette aus. Er hebt die Bettdecke nach oben, sie schlüpft drunter. Als sie sich hinlegt, rutscht das Bett auseinander. Dann fragt er oder sie oder irgendjemand:

„Denkst du, dass wir es schaffen?"

„Was?"

„Das hier."

„Ja, natürlich."

6

Am nächsten Morgen fahren sie mit der U1 in die Innenstadt. Der Karlsplatz ist leer. Die Touristen kommen erst am Wochenende. Sie kaufen Tickets für die Albertina Modern. Er wartet seit Monaten darauf, ihr die Mark-Rothko-Bilder zu zeigen. Als könnten sie etwas lösen. Das Museum ist kaum besucht. Die Rothko-Bilder hängen am Ende der Ausstellung. Sie ist zuerst dort, steht eine Ewigkeit vor den Farben. Rot, Gelb, Blau. Mehr ist es nicht. Er stellt sich neben sie und sagt, ich sehe dich darin.

Sie sagt, ich will dir glauben. Nein, sie denkt es nur.

Er geht in den nächsten Raum und wartet. Sie schaut auf die Rothko-Bilder und kann nicht von ihnen lassen. Als sie weiter geht, ist er verschwunden. Sie verliert ihn für drei Minuten, er steht vor dem Museum und raucht. Sie will ihn anschreien. Es gibt keinen Grund. Sie gehen weiter. Sechster Bezirk, Siebter Bezirk. Es wird dunkel. Er schlägt vor, einen Kaffee zu trinken. Sie findet die Idee großartig, gibt ihm einen Kuss. Ihre Lippen verfehlen um Millimeter. Er führt sie ins Café Jelinek. Der Kellner bringt zwei große Braune mit Zucker und Milch. Sie rührt den Zucker ein. Er fragt, wie haben dir die Bilder gefallen.

Sie sagt, gut.

„Gut, mehr nicht?"

„Ja. Sie haben mir einfach gut gefallen."

„Aha."

„Was soll ich dazu sagen?"

„Einfach, was du gefühlt hast."

Sie hält inne.

Es gibt so viel zu sagen. Sie sagt alles auf einmal:

„Du verstehst nichts."

Er redet auf sie ein, sie gehen aus dem Café, er redet weiter. Irgendwann hält sie es nicht mehr aus und tut etwas Schlimmes. Er rennt weg, verschwindet in einer Gasse. Sie folgt ihm, verliert ihn und ist allein in seiner Stadt.

Wo bist du schreibt sie.

Er sitzt in einem Hauseingang und weint. Irgendwann kommt eine Nachricht von ihm.

Standort.

Er ist 600 Kilometer entfernt.

Sie rennt los. Er wartet.

Vielleicht tun sie das schon ihr ganzes Leben.

ALLE WOLKEN BESIEGT

Ich kannte ihn schon eine ganze Weile. Wann wir das erste Mal miteinander redeten, weiß ich nicht mehr. Es muss auf einer Party gewesen sein, als ich noch jünger war. Er war cool, sehr cool - zu cool für mich. Ich mochte ihn, aber konnte mir nicht vorstellen, dass wir echte Freunde werden. Es gab Feste im Sommer, auf denen wir gemeinsam tanzten und Spaß hatten. Aber wenn ich traurig war, wollte ich ihn nicht sehen, weil ich mir sicher war, dass er es nicht versteht. Wenn es Winter wurde und ich allein im Zimmer saß, kam er nur selten vorbei und wir hörten lange nichts voneinander. Irgendwann traf ich ihn auf einer Party wieder. Mit ihm konnte sich ein unbeschwerter Tag noch leichter anfühlen. Doch echte Freundschaft zeigt sich in den dunklen Stunden. In diesem Sinne waren wir keine Freunde. Ich akzeptierte es und stellte mich darauf ein, dass es so bleiben würde. Jahre später, an dem Abend vor meiner Reise nach Wien, veränderte sich etwas.

An jenem Abend fuhr ich mit dem Fahrrad in die Neustadt, um Seb und Celo zu treffen. Es war schon lange dunkel. Wir wollten meinen letzten Abend in Dresden genauso verbringen, wie die vielen zuvor: betrunken werden und über primitiven Unsinn lachen. Wir zogen über die Alaunstraße, plauderten am Assi-Eck mit fremden Menschen und setzten uns im Hebedas an den letzten freien Tisch. Celo gab drei Runden Bier aus. Wir rauchten Sebs eklige Chesterfield-Zigaretten und fragten den Barkeeper, ob er *Anders* von 01099 spielen kann. Als das Lied durch die Lautsprecher hallte, tanzten wir wie Gorillas um den Tisch. Ich vergaß für einen Moment, dass ich morgen nicht mehr hier bin. Als wir uns wieder hinsetzten, holte Seb eine Runde Sternburg-Bier. Ich trank die Flasche leer und wurde schlagartig müde. Es musste an der Qualität des Sternburg-Biers liegen, oder den fünf anderen davor. Seb und Celo übernahmen die Rechnung. Draußen schlug uns die Oktoberkälte entgegen. Die Rothenburger Straße war wie ausgekehrt, am Assi-Eck vegetierten die üblichen verlorenen Seelen. Wir liefen Richtung Alaunpark. Keiner sagte etwas, bis wir an der Bahn-Haltestelle waren. Ich dachte daran, wie wir uns hier schon oft verabschiedet hatten. Dieses Mal war es anders.

„Na gut", sagte Celo, „Wann genau bist du wieder da?"

Er wusste es. Seb wusste es. Ich wusste es.

„Anfang März", sagte ich.

„Perfekt. Dann haben wir den Sommer zusammen", sagte Celo.

„Ja, man", pflichtete Seb bei.

Ich nickte.

„Genieß deine Zeit in Wien. Wird bestimmt nice. Du lernst safe viele Leute kennen."

„Ja bestimmt."

Wir rauchten schweigend unsere Zigaretten.

„Na gut, Jungs", sagte ich irgendwann.

Wir umarmten uns kurz und schmerzlos. Ich lief zur *Nextbike*-Station, lieh mir ein Fahrrad aus und rollte in Richtung Radeberger Vorstadt.

„Hey!", rief einer von ihnen. Ich bremste und drehte mich um.

„Zieh nicht so viel, wenn du in Wien bist!", riefen sie.

Ich grinste und zeigte ihnen den Mittelfinger.

Als ich auf die Waldschlößchenbrücke abbog, vermisste ich meine Freunde schon ein bisschen. Der Wind peitschte mir ins Gesicht. Auf dem Scheitelpunkt der Brücke war ich außer Atem und stellte das Fahrrad ab. Die Sterne glitzerten, die Elbe floss sanft vor sich hin, am Horizont strahlte die angeleuchtete Frauenkirche. Wie oft hatte ich dieses Panorama schon bewundert. Es verging ein Moment, in dem ich mich davon verabschieden wollte. Ich musste an die schönen, lustigen und traurigen Dinge denken, welche mir in dieser Stadt widerfahren waren. Danach stieg ich wieder aufs Fahrrad und hörte Musik, um nicht länger sentimental zu sein. Auf meinem Handy blinkte eine Benachrichtigung. Die Abfahrt des ICEs nach Wien würde sich verspäten.

Wien.

Der Gedanke, ab morgen in einer fremden Weltmetropole zu leben, machte mir Angst. Die Angst wurde größer, als ich in meinem Zimmer ankam und auf die leeren Regale starrte. Ich wusste nichts über Wien. Vielleicht würde ich die Stadt nicht mögen. Ich zweifelte meine Entscheidung an. Plötzlich war *er* da. Jahrelang hatte er sich nicht bei mir gemeldet. An diesem kalten Oktoberabend kam er in mein Zimmer und erzählte mir von Wien. Seinem Wien. Ich hörte ihm zu, stopfte die letzten Sachen in meinen Koffer und wurde ruhiger.

„Wien ruft", sagte er, „Wien ruft."

Ich wusste, dass er Recht hat.

Am nächsten Morgen stürzte ich in ein neues Leben. Die Stadt bot unendliche Möglichkeiten. Ich konnte tun, was ich wollte. Von einem auf den anderen Tag dachte ich nicht mehr an Dresden und hatte keine Zeit, es zu vermissen. Ich war ständig überfordert von der flimmernden Gegenwart. Jeden Tag standen Entscheidungen an, deren langfristige Konsequenzen nicht absehbar waren.

Sollte ich zu dem Erasmus-Treffen auf der Donauinsel gehen oder mich lieber zu Hause ausruhen?

Wo sollte ich die Menschen kennenlernen, mit denen ich meine Zeit hier verbringen würde? Waren sie gerade auf der Semester-Opening-Party? Verschwendete ich eine Chance, wenn ich nicht hinging?

Sollte ich mehr Zeit mit meinen Mitbewohnerinnen verbringen, vielleicht einen Filmabend vorschlagen, um einander besser kennenzulernen? Mochten sie mich überhaupt, oder war ich zu laut und unordentlich?

Sollte ich mich mit dem Typ aus dem Fitnessstudio anfreunden? Er trainierte zur selben Zeit wie ich und trug ein FC-Barcelona-Trikot. Wenn ich ihn anspreche, könnte sich eine stabile Sport-und-Sauf-Freundschaft daraus entwickeln.

Was war mit den Leuten aus der Uni? Sollte ich am Wochenende mit ihnen in eine Bar gehen? Oder lieber auf eine Hausparty mit meiner Mitbewohnerin? Oder beides?

Weil ich mich nicht entscheiden konnte, entschied ich mich für beides. Meistens verlief beides enttäuschend.

Die Wochenenden waren ekstatisch. Ich überstrapazierte meine Leber und verbrauchte meine soziale Batterie bis in den Stromsparmodus. An den Sonntagen wachte ich spät auf, ging zur Imbissbude um die Ecke, aß Zwiebelringe und scrollte durch mein Handy. In meiner Kontaktliste fand ich neue Nummern und versuchte, sie den Leuten zuzuordnen, mit welchen ich auf Partys geredet hatte. Es war vergeblich. Ich stopfte mir die Zwiebelringe in den Mund und war deprimiert. Im nächsten Moment schien es mir lächerlich, daraus eine existenzielle Krise zu beschwören. Ich rannte meinen Vorstellungen hinterher und wurde ungeduldig, wenn nichts passierte. Ich stand mir selbst im Weg. Dazu kam das ungeschriebene Campus-Gesetz (§ 4): *Ein Erasmussemester muss prinzipiell und zweifellos die beste Zeit im Studium sein.*

Ich wollte das Gesetz befolgen und stets die beste aller Möglichkeiten finden. Ich wollte alles tun, um eine geile Zeit zu haben. Umso öfter ich daran dachte, wie belanglos meine Sorgen waren, umso öfter verlor ich mich in Gedanken. Sie kreisten im engen Radius um Entscheidungen, von denen mein Glück abhing. Ich wollte Freunde finden und hatte Angst vor einem langen, einsamen Winter in Wien. Ich musste gegen meinen Kopf und meine Gedanken kämpfen. Ich wusste nicht mehr, was richtig ist. Manchmal fühlte ich mich der Welt nah, im nächsten Moment entglitt sie mir wieder. Es war ermüdend und frustrierend. Ich wollte mit niemandem darüber reden. Wie sollte mich jemand verstehen, wenn ich es selbst nicht konnte. Mein inneres Zerwürfnis schwankte zwischen Lächerlichkeit und Selbstmitleid. Ich wollte die Zeit anhalten und warten, bis es vorbei ist. Ich wollte, dass mir jemand sagt, was ich tun soll. An einem düsteren Sonntag passierte es.

Ich saß im Imbiss, aß Zwiebelringe und lief zur Donau. Wieder kam *er* vollkommen unerwartet zu mir. Wir gingen gemeinsam an der Donau entlang. Das war der Moment, in dem sich etwas veränderte. Ich wechselte die Seiten, es ging nicht mehr bergab, sondern bergauf. Es wurde nicht mehr dunkler, sondern heller, nicht mehr schwerer, sondern endlich leichter. Er redete sehr lange mit mir und sagte einen Satz, der tief in meine Seele rutschte:

„Wien, nur Wien, du kennst mich up, kennst mich down."

Wenn ich in den nächsten Wochen betrunken auf Partys stand, mit fremden Leuten redete und nicht mehr weiterwusste, kamen mir seine Worte in den Kopf. Es dauerte nicht mehr lange, bis ich nach und nach nette, witzige und loyale Menschen kennenlernte. Wenn wir in Cafés zusammensaßen und Spaß hatten, dachte ich an den Donau-Spaziergang zurück. Seine Anwesenheit. Seine Worte. Es war peinlich, wie viele Gedanken ich mir gemacht hatte. Es war ihm egal. Er hatte mir geholfen, ich war ihm dankbar und wusste, dass er da sein würde, wenn ich ihn brauche.

Was hätte ich nur ohne ihn gemacht. Wenn ich unter der Woche ausging und am nächsten Morgen verkatert aufwachte, in den grauen Himmel sah und die nächste Sinnkrise bekam, war er da. Ich brühte Kaffee auf, er setzte sich zu mir und sagte:
„Die Lebenslust bringt dich um."
Er zwang mich zur Selbsterkenntnis. Ich fing an, meinen Hedonismus – die Essenz des Erasmus-Semesters - zu hinterfragen. Ich dachte darüber nach, meine Zeit mit gesünderen, sinnvolleren Dingen zu füllen. Zum Glück griff er sofort ein, bevor ich diesen Unsinn weiterverfolgte. Er erzählte mir von einem Mann, der alle Normen und Regeln befolgt, ein Mann, der sein Leben ohne Witz und Blödsinn führte.
„Sag ihm: dein Leben bringt dich um."
Das war sein Rat. Ich befolgte ihn. Lieber wollte ich an der Lebenslust sterben als am Leben selbst. Der Morgen war gerettet. Es gab nichts Schöneres, als mit ihm den Tag zu beginnen und auf die Nacht zu warten.
Im dunklen Wiener Winter gab es viele Situationen, denen ich mich nicht gewachsen fühlte. Jedes Mal verabredete ich mich vorher mit ihm. Er war sehr gut darin, mein Selbstvertrauen aufzubauen. Obwohl ich seine Hilfe für absurde Anlässe beanspruchte, ließ er mich nie im Stich. Am Anfang wollte ich mein WG-Zimmer nicht verlassen, wenn ich Stimmen in der Küche hörte. Ich spürte den Zwang, mich zu verstellen, damit die anderen mich mochten. Er redete es mir aus. Dann der Termin im Studiendekanat – ich hatte tagelang an einer Ausrede gebastelt, um mir ein zehnwöchiges Seminar zu ersparen. Ich schrieb der Kurs-Koordinatorin eine E-Mail, sie lud mich zu einem Gespräch in ihr Büro ein und stellte Fragen. Ich antwortete sachlich und überzeugend. Sie genehmigte meinen Antrag. Wenn er mich vorher nicht bestärkt hätte, wäre das nicht

gelungen. Es gab niemanden, der mich besser von mir selbst überzeugen konnte. Er war ein Meister der inszenierten Selbstüberhöhung.

„Jeden Tag, an dem es mein Weltbild länger gibt, erkenne ich mich selbst und bin neu verliebt", waren seine Worte.

Er hatte eine unwiderstehliche, charmante Arroganz. Wenn ich ihm zuhörte, ging sein Leichtsinn auf mich über. Er produzierte verbales Kokain, ich schnupfte es. In seiner Gegenwart wurde es leichter, das Leben hinzunehmen, auch wenn es unangenehm war. Ich denke an die Sonntage, wenn der leere Kühlschrank mich auf die beschwerliche Reise zum Praterstern-BILLA zwang - jenem Ort, an den das halbe Wiener Volk wöchentlich pilgerte. Es gab nie freie Einkaufskörbe, die Regale waren von Menschen blockiert, die Leberkäsesemmeln ausverkauft, die Warteschlangen reichten bis hinters Kühlregal. Alles, was ich hörte, waren lautstarke Gespräche auf Arabisch oder Serbisch, sowie das Piepen des Sicherheitsdetektors. Ich musste abwägen, ob ich den Schokoriegel in meiner Innentasche dort belassen wollte. Reine Überforderung.

„Wir sind so hoch wie nie", sagte er.

Ich hatte ihn hier nicht erwartet, aber seine Euphorie ergriff mich sofort. Mit ihm an der Kasse zu warten, machte beinahe Spaß. Er machte mir klar, wie zufrieden ich sein konnte: Studieren in dieser schönen Stadt, auf meinem Konto genug Geld zum Überleben, in meiner Kontaktliste Leute, mit denen ich etwas unternehmen konnte. Ich weiß nicht mehr, an welchem Sonntag er mich das erste Mal im Praterstern-BILLA überraschte. Ich weiß nur noch, dass wir in Zukunft oft gemeinsam gingen und ich mich manchmal sogar darauf freute. Das war seine Magie.

Er hatte mir geholfen, Freunde zu finden. In den richtigen Momenten hatte er mir die nötige Selbstsicherheit gegeben. Trotzdem gab es Nächte, in denen ich sehr einsam war. Ich vermisste Celo und Seb. Im Grunde fühlte ich mich in Gegenwart aller anderen Menschen immer ein wenig einsam. Musik und Drogen konnten darüber hinwegtäuschen, bis ihre Wirkung nachließ und ich einsehen musste, dass niemand so dumme Witze machen konnte wie meine Freunde. Ich wollte Menschen, die mich kennen, akzeptieren und verstehen. Dafür war die Zeit in Wien zu kurz. Ich versteckte mich vor der Gewissheit, dass ich bis zum Ende allein bleiben würde. Irgendwann spürte sie mich auf. Es passierte nachts, als ich in meinem Zimmer saß. Sie schlich sich lautlos an und hinterließ eine plötzliche Traurigkeit in mir. Ich war ihr ausgeliefert, stellte mich ans Fenster, die kalte Nacht strömte hinein. Ich dachte an Celo und Seb, an Dresden und vermisste alles so schrecklich. Es passierte wieder und wieder, bis ich es in einer Nacht nicht mehr aushielt. Dann lief ich zur Tankstelle, kaufte Tabak, Filter und Long Papes, ging wieder nach Hause und drehte einen Joint. Ich rauchte ihn am Fenster in der Hoffnung, auf andere Gedanken zu kommen. Danach machte ich Klaviermusik an, entzündete ein Räucherstäbchen und legte mich aufs Bett. Aber es wurde nicht besser, sondern schlimmer. Meine Gedanken wurden hinab gezogen von dunklen, schweren Gefühlen. Ich wollte, dass es aufhört. Aber es hörte nicht auf. Ich wollte den Stoff aus meinem Körper haben, sofort. Ich wusste, dass ich mich beruhigen muss und überlegte, jemanden anzurufen. Aber wer sollte mir helfen. Wenn es jemand konnte, dann war *er* es.

„Going nowhere hatten wir doch schon", sagte er dazu. „Jedes Herz erleidet Schmerz, das ist der Liebe Lohn."

Das waren keine verständnisvollen Worte. Er nahm mich und meinen Nervenzusammenbruch nicht ernst. Er redete über meinen Zustand, als sei er völlig banal. Erst war ich wütend auf ihn, dann verstand ich, dass es das Beste war, was mir passieren

konnte. Während er so leicht daherredete, kam die Welt um
mich herum langsam wieder.

Mehrere Monate war ich in seiner Stadt. Es gab Momente, in
denen ich sie hasste. Manchmal war ihre Schönheit erdrückend.
Dazu die unerträgliche Posse des Gutbürgertums, ihre gleich-
gültige Überheblichkeit, diese aufgesetzte Weltoffenheit, welche kaum auf die andere Donau-Seite reichte. Wenn ich in der
Straßenbahn über den Opern-Ring fuhr und die pompösen Ho-
tels sah, wurde mir übel. Wenn aus den schwarzen Mercedes-
Limousinen wohlverdiente Herren stiegen und den Portiers
Anweisungen gaben, war ich neidisch. Wenn das warme Licht
der Lobbys sich über die gestrafften Gesichter ihrer Gattinnen
legte, ebenfalls. Mit dem Champagner, der ihnen serviert
wurde, konnte ich meine Monatsmiete decken. Die Tatsache,
dass ich mich auf eine halb volle Flasche Almdudler in meinem
Kühlschrankfach freute, war frustrierend. Der Neid wurde
mein stiller Begleiter. Als ostdeutscher Student aus mittelstän-
dischem Elternhaus blieb mir keine andere Wahl, als mich daran zu gewöhnen. Mit der Zeit gewann ich den Eindruck, dass
die Wiener Gesellschaft sich nicht durch ihren Wohlstand defi-
nierte - ein volles Bankkonto war viel mehr die Grundbedingung, um an ihren Sitten teilnehmen zu können. Sie protzen
nicht mit Geld, es war viel mehr eine nicht der Rede werte
Selbstverständlichkeit. Ich versuchte mitzumachen, kaufte mir
bei HUMANA einen gebrauchten Jil-Sander-Anzug und ging
zu einer Aufführung ins Burgtheater. Ich sah mir das Schau-
spiel vom dritten Rang an und gehörte für drei Stunden dazu.
Danach aß ich dreizehn Tage nur Reis mit Thunfisch, wartete
auf die nächste Erasmus-Zahlung, schmuggelte Stoli-Wodka in
den Club und scheiterte daran, den Jil-Sander-Anzug zu rekla-
mieren. Das war die Realität. Auf Spaziergängen durch die
Stadt beobachtete ich die alten, reichen Leute. Sie saßen im Café
Landtmann und bestellten die ganze Karte. Es gab die

Möglichkeit, dass sie sich ihren Wohlstand hart erarbeitet hatten. Wer war ich, sie zu verurteilen - mit zehn Semestern und null Arbeitsjahren. Andererseits die jungen, reichen Leute. Ihr Geld musste aus Papas Brieftasche oder Urgroßvaters Erbe stammen. Sie waren zuverlässig an der Kombination Moncler-Steppjacke, Burberry-Schal und Sebastian-Kurz-Frisur erkennbar. Anzutreffen im Volksgarten oder im Oldtimer-Porsche am Gürtel. Wenn ich mit diesen jungen, reichen Leuten in Kontakt kam, waren sie freundlich. Ihre Großzügigkeit kannte keine Grenzen, wenn sie genug Kokain von dem Display ihres iPhone 15 Pro Max gezogen hatten. Oft kam mir der Gedanke, ob sie *ihn* auch kannten.

Ob sie ihm zuhörten.

Ob er ihnen auch so viel bedeutete wie mir.

Hatten sie sich die Dekadenz, den Schmäh und die unendliche Hochpreisung Wiens von ihm abgeschaut?

Möglich. In meiner schlimmsten Vorstellung war es umgekehrt. Was, wenn sie nicht ihm nacheiferten, sondern er einer von ihnen war?

„Ganz Wien greift auch zu Kokain, überhaupt in der Ballsaison", sagte er.

„Zu heiß für mich in dieser Stadt, zu viel weiß ich sehe mich nicht satt."

Er wusste, wie es sich anfühlt, in Wien zu verzweifeln.

„Diese Stadt hat nichts für mich und dich", sagte er.

Wien hatte ihn in unendliche Höhen gehoben und nicht wieder aufgefangen, als er hinabfiel. Wien konnte die oarschste, schierchste, zachste Scheißstadt sein. Es gab Tage, an denen ich den Kellnern im Kaffeehaus am liebsten die Sachertorte auf ihre Fracks geworfen hätte, wenn sie mit herablassender Langeweile meine Bestellung aufnahmen. Es gab Tage, an denen ich die künstliche Wokeness in den privilegierten Studierendenkreisen nicht aushalten wollte. Es gab WG-Partys, auf denen mir die jungen, reichen Leute erzählten, dass sie vegan und klimafreundlich leben, und im nächsten Satz von ihren Winterurlauben auf Mykonos schwärmten. Wenn sie noch darüber jammerten, wie schlimm es sei, abends mit der U6 zu fahren, hätte ich am liebsten gesagt: komm nach Dresden, fahr mit der Linie 13 Richtung Prohlis und du machst dir nach drei Haltestellen in die Hose. Ich liebte Wien und ich hasste es. Er war immer dabei. Ohne ihn wäre es nie passiert.

„Wien, nur Wien, du kennst mich up, kennst mich down", sagte er. So war es. Er hatte mich bei jedem Up und Down begleitet. Ich konnte mich auf ihn verlassen. Er war der coole Typ, den ich vor Jahren auf den Sommerfesten kennengelernt hatte. In Wien hörte ich das erste Mal die Sensibilität und Zerrissenheit in seinen Worten.

Natürlich habe ich nie wirklich mit ihm geredet. Trotzdem ist er ein Freund für mich geworden. Er war bei mir. Vielleicht hat er auch gemerkt, dass jemand zu ihm kommt.

Wien wird vorbeigehen. Ich werde zurückfahren, meine Freunde wiedersehen. Ich werde mit Celo und Seb um die Häuser ziehen und Spaß haben. Ich werde bei meiner Familie sein. Ich werde nicht mehr so oft an ihn denken.

„Muss ich denn sterben, um zu leben?", hat er einmal gesagt.

Ich weiß, dass er nicht unter der Erde liegt.

„Sind alle Wolken besiegt, sind keine Träume voll von Sternen mehr."

Ich weiß, dass er da oben ist. Er lässt sich im Wind treiben, wie Falken es tun.

Wenn ich mit ihm sprechen könnte, würde ich sagen:

„Danke."

HCYSI

Im Oktober -
begegneten wir uns. Du standest vor dem Seminarraum mit
den anderen Studierenden. Ich sah, dass du nicht zu ihnen ge-
hörst. Ich war nervös und stellte mich zu euch. Die anderen
Studierenden fragten dich etwas, dein Gesicht wurde rot, du
sagtest *I am an erasmus-student from Italy*. Sie fanden deine Unsicherheit sympathisch und waren sehr freundlich. Ich ging zu
dir und sagte *I am an erasmus-student from Germany*. Danach redeten wir miteinander, bis der Professor kam. Er verkündete
die Gruppeneinteilung für den Semesterbeginn. Ich kannte
dich seit fünf Minuten, sonst niemanden. Der Professor sagte
meinen Namen und zeigte auf die linke Tür. Ich ging hinein
und setzte mich in die Ecke. Es kamen immer mehr Leute in
den Raum. Sie waren aus Wien, kannten einander und setzten
sich in Gruppen. Am Ende war nur der Platz neben mir frei. Du
kamst durch die Tür und setztest dich zu mir. Dein Gesicht
wurde rot, aber weniger rot als am Anfang. Der Professor erklärte den Ablauf des Semesters. Du fragtest *What did he say*. Ich
flüsterte dir die Übersetzung zu. Alles war neu für uns, für dich
noch mehr. In der Pause blieben wir im Raum sitzen. Du erzähltest mir von Italien, den Sommernächten in Rom, dem
Landhaus deiner Familie in Apulien. Ich sah alles vor mir. Du
redetest schnell, deine Hände gestikulierten. Ich stand ganz still
und deutsch vor dir, antwortete kurz und ehrlich. Wenn ich

ironische Kommentare gab, lachtest du. Wenn ich fragte, wieso du lachst, lachtest du wieder. Als das Seminar vorbei war, gingen wir mit den Wiener Studierenden zur U6. Sie wollten wissen, wer ich bin, aber noch mehr wollten sie wissen, wer du bist. Für dich sprachen sie Englisch. Es klang furchtbar sympathisch. Die U-Bahn fuhr Richtung Floridsdorf. Nach und nach stiegen alle aus. Wir waren die letzten. Als meine Station kam, wusste ich nicht, wie ich mich verabschieden sollte. Wir umarmten uns. Du gabst mir zwei Wangenküsse. Ich war überfordert. Ganz deutsch eben. Ich wollte die Situation retten und sagte *Now the german way* und schüttelte deine Hand. Die Bahnsteigtür piepte. Ich war mir nicht sicher, ob du es lustig oder peinlich fandest. Du fingst an zu lachen. Es war dieses Lachen, von dem ich nie wusste, was es bedeutet.

Die nächsten Tage verliefen genauso: Seminare bis zum Nachmittag, alles für dich übersetzen, unsere Gespräche in den Pausen, mit der U6 fahren, unbeholfene Verabschiedungen. An den Abenden war ich müde und träumte viel. An einen Traum erinnerte ich mich sehr genau, weil er sich wie ein ganzer Tag anfühlte. Du kamst darin vor. Wir waren in einer Wohnung und redeten miteinander. Ich verstand nicht, worum es ging. Du warst sehr aufgebracht. Aus unserem Gespräch wurde ein Streit. Ich wollte, dass es aufhört. Du stelltest mir eine Frage. Ich wachte auf. Ein paar Tage später entdeckte ich ein Café, dass den Namen *Schopenhauer* trug. Ich verbrachte den Nachmittag allein dort und dachte wieder an den Traum. Er war sehr realistisch gewesen. Wir hatten miteinander gesprochen, als würden wir uns schon lange kennen. Ich erinnerte mich an den genauen Wortlaut der Frage, die du am Ende gestellt hattest. Es war eine klare, einfache Frage. Ich hatte nicht gewusst, was ich dir antworten sollte. Als ich das Café Schopenhauer verließ, entschied ich, der Sache keine Bedeutung mehr zu schenken. Als ich dich am nächsten Morgen im Seminar sah, dachte ich noch einmal daran. Danach vergaß ich den Traum und deine

Frage für sehr lange Zeit. Als ich mich wieder daran erinnerte, war es zu spät.

Im November –
lernte ich F. kennen. Du hattest zu einer Party in deine Wohnung eingeladen. Sie lag im 7. Bezirk, ein Altbau mit Jugendstilfassade. Wir sahen uns das erste Mal außerhalb der Universität. Du empfingst mich an der Tür. Wangenküsse, wie immer. Ich zog die Schuhe aus und ging mit dir ins Wohnzimmer. Auf der Couch saßen deine italienischen Freundinnen, tranken Rotwein und rauchten dünne Zigaretten. Ich versuchte, mit ihnen zu reden und war froh, als du mit drei Weingläsern aus der Küche kamst. Du gabst mir eines, trankst aus dem anderen und stelltest das dritte neben dich. Im nächsten Moment kam F. herein. Er gab mir die Hand. Ich sah in seine gutmütigen Augen. Er erzählte von seinem beschwerlichen Flug aus Rom. Ich hatte sein Gesicht schon auf dem Hintergrundbild deines Handys gesehen. Einmal hatte ich gefragt *Is he your boyfriend?* Du hattest mich mit großen Augen angesehen und gesagt *Yes, why?* Ich weiß nicht mehr, was ich geantwortet habe.
Jetzt saß ich neben F. und wir redeten über Fußball. Am Ende verstand ich, dass Italiener diesen Sport genauso lieben wie Deutsche. Du rauchtest mit deinen Freundinnen und sahst ab und zu herüber. Die Stimmung war gut. Wir wollten ausgehen. Jemand schlug das Fluc Fluc vor. Auf dem Weg zur Bahn redete ich wieder mit F. Ich wollte, dass er mich sympathisch findet.

Im Fluc Fluc lief Techno. Nach einer Stunde verabschiedeten sich deine italienischen Freundinnen und gaben mir Wangenküsse. Auf der Tanzfläche stand künstlicher Nebel. Nur du, F. und ich blieben übrig. Während ich tanzte, dachte ich über die Ereignisse der letzten Wochen nach. Irgendwann fragte ich euch *Should we go smoking?* Wir gingen nach draußen. Ich wollte nicht länger nachdenklich sein und drehte einen Joint. Du sahst mich erstaunt an. Ich fragte *Do you want some?* F. lehnte ab. Du nahmst ein paar Züge. Dann gingen wir wieder rein und tanzten weiter. Ich sah euch zu und war mir sicher, dass jene Vorahnung, die ich den ganzen Abend hatte, wahr sein musste. Vielleicht waren es deine ziellosen Blicke durch den Raum, oder es waren seine Arme, die dich immer dann umschlungen, wenn auch ich die Sehnsucht in deinen Augen schimmern sah. Irgendwann hielt ich es nicht mehr aus und verabschiedete mich. Ich wusste, dass ich F. nicht wieder sehen würde.

Im Dezember -
hatten wir unsere beste Zeit. Wir wurden Teil der Stadt. Wir mussten den Weg zur Universität nicht mehr nachschauen und kannten unsere Lieblingsorte. Wenn wir uns begegneten, erzähltest du von Museumsbesuchen und einem Bratislava-Ausflug mit deinen italienischen Freunden. Ich verbrachte viel Zeit mit meinen Mitbewohnerinnen, ging zum Fußballtraining und in die Grelle Forelle. Als der erste Schnee fiel, sah die Stadt so aus, wie ich sie mir vorgestellt hatte. Unter der Woche wurde es ruhiger. Als die Weihnachtsmärkte öffneten, kamen die Touristen.

An einem Donnerstag Anfang Dezember fand ein Erasmus-Treffen im Café Einstein statt. Du hattest mir davon erzählt, wir trafen uns an der Bahnhaltestelle und liefen gemeinsam hin. Du rauchtest deine weiße IQOS. Obwohl ich dich am Anfang dafür verspottet hatte, besaß ich mittlerweile selbst eine. Du lachtest, als ich meine blaue IQOS aus der Tasche holte. Ich rechtfertigte meinen Sinneswandel.

Du amüsiertest dich und sagtest *Of course.*

Ich sagte *Of course I get inspired by the most famous italian girl in Vienna.* Unsere Wortgefechte konnten ewig dauern. Es war ein Spiel, bei dem wir Spaß hatten.

Im Café Einstein setzten wir uns zu den anderen Erasmus-Studierenden und bestellten Weißen Spritzer. Ich trank zwei und wurde müde. Alle Gespräche, die ich führte, verliefen ins

Nichts. Als ich noch ein Bier bestellte, wandelte sich die Müdigkeit in Melancholie. Ich versank in Gedanken an den Poetry-Slam im LOFT, der bald stattfinden würde. Ich wollte teilnehmen und einen Text schreiben, der gut ankommen würde. Während die Studierenden über Uni-Kurse redeten, überfiel mich die Schwermut. Seit ein paar Wochen geschah das häufiger. Ich wollte sie unterdrücken, trank das Bier und sah zu dir herüber. Du sprühtest vor Freude und Lebendigkeit, deine Geschichten unterhielten den ganzen Tisch. Die anderen hörten zu, während du von Sommernächten in Rom erzähltest. Ich kannte alles schon. Ich stellte mir vor, wie du in deinem Altbauzimmer im 7. Bezirk liegst, an die Decke starrst und dich fragst, wer du bist. Ich war mir nicht sicher, ob es diese Momente in deinem Leben gab. Es musste sie geben.

Du erzähltest von dem Sommerhaus in Apulien. Die anderen waren begeistert. Ich wollte nach Hause gehen. Oder mit dir rauchen. Am Tisch wurde eine neue Runde Spritzer bestellt. Ich saß noch zehn Minuten über meinem leeren Bierglas, dann zog ich meine Jacke an. Als ich an dir vorbeiging, stopptest du deine Unterhaltung und fragtest *Are you good?*

Ich sagte *Yes, just tired.*

Du fragtest *Do you want to smoke?*

Ich schüttelte den Kopf und ging nach draußen.

Die Nacht war eisig. Ich musste lange auf die Bahn warten. Die Melancholie war immer noch da, vielleicht auch wegen dir. Ich wollte rauchen und holte die IQOS aus der Tasche. Dann steckte ich sie wieder ein und bat einen Mann um eine Zigarette, als hätte das irgendetwas zu bedeuten.

Am nächsten Morgen wachte ich mit Halskratzen auf, lag eine Woche im Bett und scrollte pausenlos durch Instagram. Du postetest Stories aus dem Burggasse24 Café und der Albertina. Du warst die einzige Erasmus-Studentin, die ich kannte. Wir waren zur selben Zeit nach Wien gekommen, gingen in dieselben Seminare, entdeckten die Stadt im selben Tempo und würden sie zur selben Zeit wieder verlassen. Vielleicht wartete ich deswegen auf eine Nachricht von dir. Wenn wir in der Mensa aßen, wenn wir übereinander lachten oder uns mit anderen Studierenden im Charlies Ps betranken, hatte ich das Gefühl, dir etwas zu bedeuten. Seit Oktober teilten wir viele Erlebnisse. Du warst mir wichtig. Ich wollte, dass du an mich denkst und schreibst *Hey, how are you?* Oder *We go out today, you can join!* Aber jedes Mal war ich es, der sich meldete. Manchmal wurde ich wütend und glaubte, mich in dir geirrt zu haben. Ein paar Stunden später kam ich mir dafür lächerlich vor. Als ich krank war und du nicht schriebst, fand ich mich damit ab. Offensichtlich warst du mir wichtiger als ich dir. Kommt vor. Die psychologische Erklärung war, dass ich meinen deutschen Anspruch auf Wahrhaftigkeit und Ehrlichkeit auf dich projizierte. Faktisch warst du mir nichts schuldig. Ich wollte nichts von dir erwarten. Obwohl mich diese Entscheidung einsamer machte, war sie befreiend. Ich wurde gesund und konnte mich wieder aushalten.

Die Woche vor Weihnachten –
veränderte alles. Mittlerweile mussten wir verschieden Seminare belegen und sahen uns kaum noch. Ich arbeitete an meinem Text für den LOFT-Poetry-Slam. Deine Instagram-Stories wurden weniger. Ich wollte wissen, wie es dir geht. Wenn ich dir eine Nachricht schrieb, antwortetest du *It's so nice!! Let's see each other again!!* Dabei blieb es. Am Abend des LOFT-Poetry-Slams fragte ich meine Mitbewohnerin, ob sie mich begleitet. Sie hatte keine Zeit. Es hätte mir nichts ausgemacht, allein hinzugehen. Vielleicht schrieb ich dir deswegen. Als ich in der U6 saß und den Text ein letztes Mal durchsprach, antwortetest du *I will come definitely!!*

Der Kellerraum im LOFT war überfüllt. Die Leute sahen nach Wiener Kunstszene aus. Ich meldete mich bei der Veranstalterin und nahm in der dritten Reihe Platz. Neben mir war noch ein Stuhl frei. Ich stellte meinen Rucksack darauf. Als die Veranstaltung begann, waren alle anderen Stühle belegt. Obwohl einige Leute stehen mussten, nahm ich den Rucksack nicht runter. Die ersten Texte wurden gelesen. Ich klatschte Beifall und wusste, dass du nicht kommen würdest, aber war zu nervös, um weiter darüber nachzudenken. Die Moderatorin ging auf die Bühne und kündigte meinen Text an. Ich war wie versteinert und starrte auf die Zettel in meinen Händen. Plötzlich nahm jemand den Rucksack vom Stuhl.

Du. Natürlich du.

Deine Augen waren mehr geschminkt als sonst. Du entschuldigtest dich für die Verspätung. Ich sagte *No problem*, du sagtest *Are you nervous?* Ich sagte *Yes*, du sagtest *You will do great!* Die Moderatorin rief mich auf die Bühne. Ich ging zum Mikrofon. Ich begann zu zittern, suchte deinen Blick und sah sie, deine schwere, schöne Sehnsucht. Ich begann zu lesen, das Publikum klatschte, die Moderatorin fragte nach den Bewertungen. Sie fielen mittelmäßig aus. Die Österreicher hatten keinen Humor, oder ich. Du wolltest mich aufmuntern. Ich konnte den Frust nicht zurückhalten und sagte *You say it was good, but you didn't understand anything.*

Du wurdest ernst.

I understood enough to know it was good.

Es dauerte eine Weile, bis ich mich beruhigte. Ich war voller Zweifel und wollte nicht, dass du mich so siehst. Es schien dir nichts auszumachen. Am Ende wurden alle Lesenden noch mal auf die Bühne gebeten. Ich stand mit betretenem Gesichtsausdruck zwischen den anderen und musste lächeln, als ich zu dir sah. Der Poetry-Slam wurde beendet, wir zogen unsere Jacken an, holten zwei Gläser Wein und rauchten an der Straße - du deine weiße IQOS, ich meine blaue. Neben uns stand eine Gruppe von Literaturstudierenden. Ich kannte sie aus einer anderen Lesung und mochte sie nicht besonders. Wärest du nicht da gewesen, hätte ich mit ihnen reden müssen. Dinge sagen, die ihnen gefallen und sympathisch sein. Vor dir musste ich mich nicht verstellen. Wir rauchten fertig. Ich brachte die Weingläser zur Bar, dann gingen wir dahin, wo wir immer hingingen: zur U6. Mein Frust war verschwunden. Der Wein beruhigte mich. Deine Gegenwart auch.

„Do you want to come back to Vienna?", fragte ich, als wir am Gleis standen.

„Yes, after my degree in Roma. I have to improve my German first."

Du lachtest. Bis zur Abfahrt blieben zehn Minuten.

"What about you? Will you come back?"

„I am not sure", sagte ich. Mein Kopf war leer. „But don't you miss home?"

„Of course. But here in Vienna, I have my life in my own hands."

Du sahst mich von der Seite an. Ich sagte nichts.

„Do you know what I mean?"

„Yes, I know."

Noch drei Minuten bis zur Abfahrt. Ich wartete, bis du es sagtest:

„Do you never thought about starting a new life?"

Ich sah in deine Augen und wusste, was du meintest - wir steigen aus der U6 aus, legen uns in dein Altbauzimmer, du kochst Kaffee, wir fahren Riesenrad auf dem Prater, sitzen im Stadtgarten bei Sonnenuntergang, jeder Tag ist endlos, wir fliegen nach Rom, deine kleine Wohnung, du trägst ein Sommerkleid, das Landhaus in Apulien, wolkenloser Himmel, Zypressen, dein Haar voller Meersalz, der Strand, die warmen Nächte, ti amo – das meintest du, vielleicht.

Als ich dir eine Antwort geben wollte, kam die U-Bahn.

Wir stiegen ein. Deine Haltestelle kam. Du standest auf. Ich stand auch auf. Wir umarmten uns. Dann gingst du durch die Tür. Ich setzte mich wieder hin und sah dir hinterher. Als du dich umdrehtest, sah ich weg.

Nach dem Abend im LOFT trafen wir uns nicht mehr allein. Ich fing an, dich unterbewusst zu meiden. Wenn du mir Nachrichten schriebst, antwortete ich lange nicht darauf. Obwohl mich dieses Verhalten bei dir gestört hatte, hielt ich es für das Beste. Ich wollte etwas abwenden, für das ich verantwortlich war. Die Weihnachtsfeiertage standen bevor. Du würdest nach Rom fliegen, ich nach Deutschland. Die Sache – wenn es überhaupt eine Sache gab – würde sich verlaufen. Ich hielt an der Möglichkeit fest, dass alles nur in meinem Kopf existierte.

Am Samstag vor Weihnachten -
wusste ich, dass die Sache ein schmerzvolles Ende nehmen wird. Es war ein gewöhnliches Wochenende, zwei Tage vor meiner Abreise nach Deutschland. Ein paar Leute schlugen vor, in die Grelle Forelle zu gehen. Ich wollte nicht feiern, aber noch weniger allein zu Hause sitzen. Ich traf mich mit ihnen in einer WG, wir tranken zwei Flaschen Stoli und rauchten Joints. Als wir aufbrachen, war ich betrunken und high. Ich wusste nicht, ob ich in diesem Zustand mehr ich selbst war oder weniger. Als wir zur U-Bahn liefen, rauchte ich die blaue IQOS und dachte an dich. In der Uni hattest du erzählt, dass eine Freundin dich über das Wochenende besucht. Ihr wolltet feiern gehen, dann über Weihnachten nach Italien fliegen. Ich hatte vorgeschlagen, sich zu verabreden. Es war nicht dazu gekommen. Jetzt stand ich vor der Grellen Forelle und überlegte, ob ich dir schreiben sollte. Die anderen gaben den nächsten Joint rum. Ich holte mein Handy raus und starrte auf den Bildschirm. Als der Türsteher uns kontrollierte, steckte ich es weg und tat wieder das, wofür ich dich verurteilt hatte.

Der Club war überfüllt. Die anderen wollten unbedingt nach vorne. Wir drängelten uns am Rand durch. Der Main-Act war ein Trance-DJ aus Berlin. Als er sein Set begann, zündeten die anderen den nächsten Joint an. Ich war schon zu high, zog trotzdem noch mal. Danach setzte ich eine Sonnenbrille auf und verschwand in mir. Von der Realität blieb nur der schwere Bass übrig. Ich weiß nicht, ob ich zehn Minuten oder eine Stunde in diesem Zustand war. Ich weiß nur noch, dass irgendwann mein Handy vibrierte und dein Name aufleuchtete. Ich lehnte den Anruf ab. Es war ohnehin zu laut. Kurz darauf deine Nachricht.

Hey! Are you at Grelle Forelle?

Yes schrieb ich.

We are coming too! Where are you? schriebst du.

Ich wollte die Nachricht nicht öffnen, tat es trotzdem.

In the front schrieb ich und bereute es im nächsten Moment. Es wäre besser gewesen, dir nicht zu antworten. Dann wären wir uns an diesem Abend nicht begegnet. Ich hätte nicht mal eine Ausrede gebraucht - wer schaut im Technoclub schon auf sein Handy.

Die anderen hatten Bier besorgt. Ich trank ein paar Schlucke, tanzte und versuchte, nicht an dich zu denken. Irgendwann tippte mir jemand auf die Schulter. Ich drehte mich um.

Dein verstohlenes Lächeln.

Du umarmtest mich überschwänglich und sagtest mir etwas ins Ohr, worüber ich lachen musste. Es war schön, dich zu sehen. Du stelltest mir deine Freundin vor. Ich redete kurz mit ihr. Sie sagte, dass du sehr betrunken seiest. Ich lachte und gab ihr Recht. Du tanztest so frei wie niemand sonst. Ich hätte dir den ganzen Abend zuschauen können. Nach einer Weile verschwand ich wieder in mich selbst. Das Nächste, woran ich mich erinnerte, war deine Hand an meinem Hals. Du wolltest mir etwas sagen und zogst meinen Kopf herunter. Dein Mund berührte fast mein Ohr. Drei Worte kamen heraus.

I love you.

Ich lachte, tanzte weiter, nahm es nicht ernst, machte deinen angetrunkenen Leichtsinn und dein italienisches Temperament dafür verantwortlich. Ich versuchte, den Worten keine

Bedeutung zu schenken. Kurz darauf sagtest du etwas, ich verstand dich nicht, wieder zog mich deine Hand sanft herunter.

No, really. I love you.

Wieder versuchte ich, es nicht ernst zu nehmen. Immerhin waren wir auf der Tanzfläche eines Technoklubs. Du betrunken, ich high. Aber es gelang mir nicht. Ich wurde wütend auf dich und deine Leichtfertigkeit, mit der du diese Worte sagtest. Ich hörte auf zu tanzen und stellte dir eine Frage.

„Do you mean it in a german or italian way?"

Du zögertest.

„In a switzerland way maybe."

Ich lachte und tanzte weiter. Irgendwann ging ich zurück zu den anderen und blieb bei ihnen. Wir verließen den Club bei Sonnenaufgang. Du warst schon lange zu Hause. Ich zerbrach mir den Kopf über deine Antwort. Als ich im Zug nach Deutschland saß, war ich froh, die Stadt für eine Woche hinter mir zu lassen. Die Ereignisse waren verwirrend, ich wollte sie verarbeiten und mit Klarheit wiederkehren. Am Anfang war mir deine Antwort uneindeutig vorgekommen. Mit der Zeit erkannte ich die traurige Wahrheit darin.

Im Januar-

hatte sich alles verändert. Bis zum Ende des Semesters blieben noch drei Monate. Obwohl es noch viel zu entdecken gab, dachte ich schon an die Zeit danach. Das neue Jahr hatte begonnen, aber ich würde nur den Anfang hier verbringen. Von dir bekam ich nichts mehr mit. Ich wusste nicht, was du über die Ereignisse der letzten Monate und den Abend in der Grellen Forelle dachtest. Wir hatten uns still darauf geeinigt, den Kontakt abzubrechen.

In der Uni hatten wir keine Kurse mehr zusammen. In den Seminaren lernte ich neue Leute kennen, hörte mehr zu und lachte weniger. Wenn ich mit den neuen Leuten in der Mensa saß, wurde über Lehrstoff geredet. Ich fand ihre Witze nicht lustig und vermisste die Zeit mit dir. Einmal sagten zwei Mädchen aus der Gruppe deinen Namen. Sie kannten dich aus einem Seminar. Anscheinend wart ihr ein paar Mal zusammen ausgegangen. Ich fragte die Mädchen nach dir. Die Mädchen sagten, sie hätten dich letzte Woche getroffen. Es würde dir gut gehen, du wärest im Praktikum und hättest dich von F. getrennt, seit einer ganzen Weile schon. Ich wusste nicht, was ich damit anfangen sollte. Vielleicht hatte dich die Sehnsucht zerrissen, vielleicht warst du jetzt zufrieden.

Es vergingen zwei Wochen. Als ich dich wieder sah, war der Januar fast vorüber. Ich stand mit den neuen Leuten vor dem Unigebäude. Wir redeten über das Seminar. Ich wollte gerade gehen, als du um die Ecke kamst. Neben mir standen die zwei Mädchen aus der Mensa. Sie empfingen dich mit einem Lächeln. Du warst voller Energie, erzähltest von deinem Praktikum und sahst mich an, als sei nichts passiert. Du musstest sofort weiter, winktest den Mädchen, winktest mir. Ich versuchte, etwas aus deinen Augen zu lesen. Als du die Treppe nach oben liefst, wartete ich, bis du dich umdrehst. Es passierte nicht. Wir waren uns fremd geworden, oder noch immer zu nah.

Im Februar -
kam der Abschied. Das Leben hatte sich verändert. Es wurde nicht vom Zufall bestimmt, sondern von der Gewohnheit getragen. Die Partys am Wochenende waren selten exzessiv, ich trieb viel Sport und rauchte nicht mehr. Als ich beim Aufräumen meines Zimmers die blaue IQOS in der Schublade fand, schien sie mir wie ein Relikt. Dann kam die Einladung für deine Abschiedsparty. Am selben Tag holte ich die IQOS wieder raus und entfernte den alten Tabak. Er war zu einer schwarzen, klebrigen Masse geworden. Bis zu deiner Party waren es noch zwei Wochen. Ich nahm mir vor, dir später zu antworten. Die Zeit verging. Ich fing an, meine Sachen zu sortieren. Zunächst wollte ich die ausgeliehenen Bibliotheksbücher zurückbringen.

Es waren zehn Stück. Ich packte sie in eine Einkaufstüte und fuhr mit der U6 zur Burggasse. Draußen ging die Sonne unter. Die U-Bahn hielt an der Alser Straße. Die Türen gingen auf, Leute stiegen ein.

Ich sah dich sofort. Du standest im hinteren Waggon mit Kopfhörern auf den Ohren. Ich wurde nervös. Ich hätte einfach warten können, bis du aussteigst. Am Fenster zog das LOFT vorbei. Seit diesem Abend hatten wir uns nicht mehr allein gesehen. Natürlich ging ich zu dir und tippte auf deine Schulter. Du drehtest dich um und wurdest rot wie nie zuvor. Wir redeten irgendetwas, es blieb nicht viel Zeit.

„Will you come to my party?", fragtest du.

„Yes, of course. Why not?"

Wir waren überfordert mit allem.

„Because you didn't answer."

„Of course I will come!", sagte ich.

Meine Haltestelle kam. Ich stieg aus und war erleichtert. Als ich die Bücher in der Bibliothek abgab, erinnerte ich mich an unseren Anfang. Es war traurig, dass du dachtest, ich würde nicht zu deiner Abschiedsparty kommen. Andererseits hatte ich nicht auf deine Nachricht geantwortet. Ich verstand nicht, wie wir an diesen Punkt gekommen waren. Es gab so viel zu klären.

Deine Abschiedsparty fand am letzten Februarwochenende statt. Es war ein nasser, kalter Samstag. Ich stand auf, las ein Buch und ging spazieren. Als die Dunkelheit einbrach, fürchtete ich mich vor der Bedeutsamkeit des Abends und trank beim Anziehen ein Glas Whiskey. Es blieb noch sehr viel Zeit, bis ich bei dir sein musste. Ein paar Freunde fragten, ob ich vorbeikommen will. Ihre WG lag in der Nähe von deiner. Ich würde erst zu ihnen gehen, um mich zu entspannen, danach zu dir. In der WG hatte ich ein Beisammensitzen erwartet. Tatsächlich veranstalteten die Freunde eine große Hausparty. Sie hatten viele Leute aus der Kunstszene eingeladen. Ich ließ mich durch die Räume treiben, trank Wein und schaute immer wieder auf meine Uhr, damit ich pünktlich bei dir sein würde. Als ich am Fenster meine blaue IQOS rauchte, stellte sich eine Gruppe zu mir. Sie waren von der *Akademie der bildenden Künste* und lobten die Farbe meiner IQOS. Ihr Verhalten war seltsam, als spielten sie Rollen in einem Film. Sie redeten sehr viel über sich. Es war eine angenehme Ablenkung. Nach einer halben Stunde fragten sie, ob ich Ketamin oder LSD nehmen will. Ich folgte ihnen auf die Toilette und wusste, dass es ein Fehler ist.

Als ich das nächste Mal auf die Uhr schaute, war eine Stunde vergangen. Wie konnte das passieren, dachte ich und eilte die Treppe herunter. Im Weggehen sah ich noch mal nach oben. Am Fenster stand die Gruppe von der *Akademie der bildenden Künste*. Sie rauchten und winkten mir zu. Ich war mir nicht sicher, ob alles wirklich passiert war. Mir blieb eine Bahnfahrt Zeit, um wieder klarzukommen.

Als ich an deiner Wohnungstür klingelte, war ich noch immer durcheinander. Du öffnetest die Tür. Ich war zu spät, die Party lief schon. Du sagtest nichts, gabst mir einen Drink und lächeltest. Wir gingen ins Wohnzimmer. Deine italienischen Freunde waren da, ein paar andere Leute auch. Alle waren elegant gekleidet. Auf der Musikbox liefen Italienische 80er, die Stimmung war ausgelassen, überall wurde geraucht. Ich stellte mich zu deinen Freundinnen und redete mit ihnen. Jemand nahm die Musikbox, ging in die Mitte des Raumes und spielte *Sarà perché ti amo*. Alle sangen mit, ich stand daneben und sah zu. Am liebsten wäre ich wieder zu meinen Freunden auf die WG-Party gegangen. Aber das hier war wichtiger. Ich ging in die Küche, kippte ein Glas Wein herunter und wollte die Drogen von den Akademie-Leuten nicht mehr spüren. Nach ein paar Minuten ging ich wieder ins Wohnzimmer, dann wurde es besser. Du tanztest mit deinen Freunden und hieltst die Musikbox in den Händen. Wir hatten den ganzen Abend nicht miteinander geredet. Ich stellte mich zu euch. Wenn ihr die

Refrains auf italienisch sangt, lallte ich irgendwelche Silben. Irgendwann musste ich auf Toilette.

Im Flur war es dunkel. Ich ließ das Licht ausgeschaltet und schwankte bis zum Ende des Ganges. Von hier war die Musik nur leise zu hören. Die Badezimmertür war verschlossen. Ich lehnte mich an die Wand und wartete. Die Tür ging auf.

Du. Natürlich du.

„How are you?"

„Very good."

„Are you drunk?"

„Not really."

„But it's your goodbye party. You have to be drunk!"

„You mean as drunk as you?", sagtest du mit einem Grinsen.

„Maybe not that much."

Wir lachten.

„Do you like your party?"

„Yes, it's very nice", sagtest du. „I just want everybody to be fine."

"I really enjoy it", sagte ich, damit du dich gut fühlst.

Wir schwiegen. Ich ging auf die Toilette. Als ich wieder herauskam, standest du immer noch da.

"Let's have a drink together", sagtest du.

Wir gingen in die Küche. Du nahmst zwei Zitronen aus dem Kühlschrank. Wir waren allein. Das war der Moment. Ich wollte über alles reden. Die Wahrheit erfahren, mich entschuldigen, einen Schlussstrich ziehen, irgendwas davon.

„You know what?" sagtest du mit zwei Gläsern Gin Tonic in den Händen. „I am with F. again."

Wir hatten nie über eure Trennung geredet. Es wäre lächerlich, mich unwissend zu stellen.

„Really?", sagte ich.

Du nicktest. Ich hätte dir tausend Fragen stellen können. Es blieb bei einer:

„Are you happy?"

„I think I am."

„That's great."

Wir stießen an.

„You still want to come back to Vienna?"

„Honestly, I can't wait to be back home. I really miss Rome."

Wir lächelten. Es war unsere Vereinbarung für immer darüber zu schweigen. Danach gingen wir ins Wohnzimmer und feierten weiter. Deine italienischen Freundinnen und ich blieben bis zum Ende. Wir räumten gemeinsam die Wohnung auf. Du begleitetest mich zur Tür und sagtest:

„Thank you for coming."

„Of course. I hope my goodbye party will be as nice as yours."

"I am sure it will."

„Next Saturday, 8 pm, don't forget", sagte ich.

"I won't."

Deine Arme streckten sich nach mir aus. Du sagtest:

"It was wonderful to see you."

Ich legte meine Hände auf deinen Rücken.

Die Umarmung geriet ein wenig zu lange.

Im März-

traf ich alle Vorbereitung für meine Abschiedsparty und konnte das Wochenende kaum erwarten. Die meisten Leute hatten zugesagt. Jeden Tag dachte ich mir neue Szenarien aus, wie der Abend verlaufen würde. Ich hasste es, mich zu verabschieden. Alle Gefühle in einem Moment unterbringen zu müssen. Wenn ich daran dachte, mich am Samstag von dir zu verabschieden, blieb mein Kopf leer. Es würde passieren, einfach passieren. Ich wollte die letzte Woche in Wien genießen. Eine befreundete Literaturstudentin schlug vor, sich auf einen Kaffee zu treffen und über Texte zu sprechen. Obwohl ich in der Partyvorbereitung steckte, hielt ich es für eine gute Ablenkung. Wir trafen uns im Café Schopenhauer.

Als ich an dem kühlen, sonnenlosen Mittwoch die Canongasse nach oben lief, wartete die Literaturstudentin schon. Wir rauchten ihre Zigaretten, dann fingen wir an, zu arbeiten. Ich sagte, dass mich ihre Sätze an die frühe Christa Wolf erinnern. Sie nannte meine Erzählhaltung camusartig. Wir bestellten einen zweiten Kaffee. Draußen gingen die Laternen an. Die Literaturstudentin musste auf die Toilette. Ich betrachtete die Menschen im Café, wie sie ihre Jacken auszogen, die Tassen zum Mund führten und redeten. An der Tür kamen Leute herein. Ich sah eine junge Frau. Sie hielt die Tür auf.

Du.

Unmöglich, doch.

Die Literaturstudentin kam von der Toilette zurück. Du gingst mit der Frau zum Tisch ein paar Meter weiter vorne, hängtest deinen Mantel über den Stuhl und sahst dich um. Unsere Blicke trafen sich. Ich stand auf und lief zu dir, unbeholfen vor Freude. Ich gab deiner Begleitung die Hand. Du nanntest sie *a friend of mine*, erklärtest, dass sie zu deiner Abschiedsparty verhindert gewesen sei. Wir redeten kurz miteinander. Du sahst herüber zu meinem Tisch. Die Literaturstudentin trank einen Schluck Kaffee. Ich wollte es dir erklären. Die Literaturstudentin wollte rauchen, ich ging mit ihr raus. Als wir wieder reinkamen, eilte deine Freundin an uns vorbei. Du saßt noch am Tisch. Dann standest du auf und zogst deinen Mantel an. Ich lief zu dir, um mich zu verabschieden, sagte *See you on Saturday!*

Du lächeltest.

Ich wusste nicht, ob du traurig warst. Du liefst zur Tür, ich blieb stehen. Die Literaturstudentin trank ihren Kaffee aus und ging nach Hause. Ich blieb allein zurück. Während sich das Café Schopenhauer Stunde um Stunde leerte, verstand ich, dass alles schon einmal passiert war. Im Oktober hatte ich von dir geträumt und mich hier, im Café Schopenhauer, daran erinnert. In diesem Traum hattest du mir eine klare, einfache Frage gestellt. Jetzt hörte ich deine Frage, als hättest du sie mir eben ins Ohr geflüstert.

„How couldn't you see it?"

„How couldn't you see it?"

„How couldn't you see it?"

Ich wusste keine Antwort. Damals nicht, jetzt nicht, nie. Ich bezahlte den Kaffee und lief zur U6. Die Sterne glänzten über der Donau.

Vier Tage später fand meine Abschiedsparty statt. Alle waren gekommen, nur du fehltest. Ich rauchte die blaue IQOS am Fenster und suchte mein Handy, um dir zu schreiben. Ich schwankte durch die Leute, fand es im Wohnzimmer, ging auf die Toilette und schloss die Tür ab. Dann steckte ich mir den Finger in den Hals und erbrach zweimal. Im nächsten Augenblick drückte jemand die Klinke nach unten. Ich wusste, dass du es bist. Ich wollte deine Frage beantworten und ging zur Tür. Als ich meine Hand auf die Klinke legte, vibrierte mein Handy. Eine Nachricht von dir.

Seit Monaten suchte ich nach unserem Ende.

Du hattest es schon lange gefunden.

LEIWAND

Die meisten Studierenden gehen für ihr Erasmus-Semester nach Spanien, Italien oder Frankreich. Sie wollen weit weg von zu Hause in warme, fremdsprachige Städte. Für mich gab es immer nur Wien. Wenn ich gefragt wurde, warum, antwortete ich mit einem Satz, den ich wie ein Gedicht aufsagen konnte.

„Ich wollte schon immer mal nach Wien, weil es eine schöne Stadt mit viel Kultur ist."

Die meisten Fragenden gaben sich damit zufrieden. Sie hatten selbstverständlich kein tieferes Interesse an meinen Gründen. Nur zwei Menschen wussten die Wahrheit. Vor allen anderen verschwieg ich sie. Dabei war mein eigentlicher Grund, nach Wien zu gehen, sehr einfach:

Ich wollte ein leiwandes Buch schreiben.

Als mein Semester begann, fing ich damit an. Das Buch sollte vom echten Leben handeln, jede Geschichte sollte mit einer Wahrheit beginnen und bei ihr bleiben. Nachdem ich zehn Erzählungen niedergeschrieben hatte, stellte ich fest, dass sie wiederum erfunden waren. Bei dem Versuch, die Wahrheit literarisch auszugestalten, war sie verloren gegangen. Ich konnte nichts dagegen tun. Andererseits schien mir mein Leben begreiflicher, nachdem ich es in den Erzählungen verarbeitet hatte. Darin verbanden sich unabhängige Ereignisse, Gefühle und Gedanken miteinander. Ich versuchte, die Dinge so zu erzählen, wie sie geschehen sind. Am Ende war ich mit den

Erzählungen zufrieden. Nur an meinem Anspruch, die Wahrheit zu schreiben, war ich gescheitert. Manchmal hatte ich über sie hinaus erzählt, manchmal an ihr vorbei. Ich wusste, dass mein Buch auch ohne eine wahre Geschichte gut sein konnte. Aber es sollte nicht gut sein, sondern leiwand.

Deshalb unternahm ich den Versuch, eine letzte, wahre Erzählung zu schreiben. Einen Tag vor meiner Rückreise nach Dresden fing ich damit an. Wochenlang hatte ich mir den Kopf darüber zerbrochen, ob dort alles wie immer oder ganz anders sein würde. Konnte ich mein altes Leben einfach weiterführen? Wie sehr würde ich Wien vermissen? Die Angst, etwas zu bereuen, war groß. Dieses Gefühl könnte ich in einer Geschichte verarbeiten. Damit sie wahr sein würde, musste ich mit dem Erzählen dort beginnen, wo ich die Wahrheit das erste Mal verschwiegen hatte:

„Ich wollte schon immer mal nach Wien. Es ist eine schöne Stadt mit viel Kultur."

Vor meiner Zeit in Wien hatte ich lange an einem Roman gearbeitet. Der Roman sollte das leiwande Buch werden, welches ich in dieser Stadt fertig schreiben würde. Ich dachte an Peter Handke und Franz Kafka, die auch hier geschrieben hatten. Auch wenn zwischen unseren Kaffeehausbesuchen Jahrzehnte, zwischen unserer Literatur Lichtjahre lagen, konnte ich mir keinen besseren Ort vorstellen. Aber es kam anders. Ich nahm die Arbeit an dem Roman nicht auf. Das neue Leben in Wien war zu intensiv, um mich davon abzuspalten. Ich wollte nicht täglich in meine imaginäre Romanwelt abtauchen, mich nicht mit alten Gedanken beschäftigen, sondern in der Gegenwart leben, Kontakte mit Literaturmenschen herstellen und über Themen schreiben, die mich aktuell beschäftigten. Es entstanden Texte über Museumsbesuche, Egon-Schiele-Bilder und rauchende Kunststudierende, über Musiker, Heimat und Zigaretten. Ich saß an Samstagabenden in Wiener Kaffeehäusern und erinnerte mich, wie ich mir früher träumte, an Samstagabenden in Kaffeehäusern zu sitzen. Daraus entstand die erste Erzählung. Die Grenze zwischen Erinnerungen und Einbildungen zerfloss. Am Ende wusste ich nicht mehr, ob mir ein Falco-Song wirklich dabei geholfen hatte, die Einsamkeit zu ertragen. Ich wusste nicht, ob es wirklich *meine* Familie war, über die ich schrieb. Monat für Monat entstanden neue Texte. Ich suchte ständig nach Gelegenheiten, um sie einem Publikum vorzulesen. In Google, Instagram, Facebook und Zeitschriften fand ich offene Bühnen, Schreibwerkstätten und Poetry-Slams, schickte den Veranstaltern mein Material und wartete. Wenn ich eine Zusage bekam, konnte ich an nichts anderes mehr denken. Es war ein fantastisches Gefühl, meine Texte auf Bühnen in ein Mikrofon lesen zu dürfen. Die ersten Veranstaltungen, an denen ich teilnahm, liefen erfolgreich. Die Leute applaudierten. Ihnen gefiel, was ich schrieb. Ich verarbeitete mein Leben zu ihrer Unterhaltung, sie fanden es *ehrlich* und *authentisch*. Ich erzählte den Wienern, wie sehr ein Student aus Deutschland das Leben in ihrer Stadt genießt. Wenn ich noch Selbstoffenbarung über Drogen, Sex oder schlechte Gewohnheiten einbaute, bekam ich in den Pausen viel Zuspruch. Obwohl ich nicht lustig sein wollte, fanden sie meine Texte sogar witzig. Die Wiener und Wienerinnen lachten, wenn ich ihnen vor Augen führte, wie schläfrig ihre Weltmetropole unter der Woche sein konnte. Sie lachten, wenn ich mich über empfindliche Anwohner oder die fehlende Spätkauf-Kultur beschwerte. Sie lachten über ihre eigene Langweile. Und über mich. Über mein zerknittertes Hemd und die Tatsache, dass ich mich über die Ralph-Lauren-Armee im Volksgarten nur lustig machte, weil ich selbst kein Geld hatte. Irgendwann kam mir die Idee, aus den Geschichten für die Bühne ein Buch zu machen. Damit es leiwand werden konnte, musste ich weiterschreiben.

In regelmäßigen Abständen zweifelte ich alles an. Der Stil, die Sprache und der Inhalt meiner Erzählungen erschienen mir scheiße und banal. Ich fragte die Tagebücher von Peter Handke und Franz Kafka um Rat. Sie erklärten mir, dass ein Zweifel am eigenen Schaffen normal sei. Zu diesem Zeitpunkt hatte ich die Stufe des *Dokument-endgültig-löschen* noch nicht erreicht. Der Applaus des Publikums hielt mich davon ab. An einem Winterabend war es beinahe so weit.

Ich hatte mich zu einer Lesung im 7. Bezirk angemeldet. Sie sollte in einer Buchhandlung stattfinden. Es war ein schneereicher Tag im Dezember. Ich fuhr mit der Straßenbahn hin, die Veranstalterin wartete an der Tür. Sie war jung, hatte kurzes Haar und strenge Gesichtszüge. Sie beantwortete meine Fragen mit intellektueller Bedächtigkeit. Jedes ihrer Worte schien einer tiefgreifenden Überlegung zu entspringen. Ich wollte mich beruhigen und rauchte vor ihr eine Zigarette. Andere Leute kamen hinzu. Wir gingen in das Hinterzimmer der Buchhandlung. Dort waren Stühle zu einem Kreis gestellt. Auf einem Holztisch in der Ecke standen zwei Flaschen Wein. Die Veranstalterin verteilte Gläser und schenkte aus. Ich holte mir sofort ein zweites. Als die Lesung anfing, saßen sieben Leute im Stuhlkreis. Ich lehnte mich zurück und ging von einem entspannten Abend aus. Als die Veranstalterin fragte, wer seinen Text vorlesen möchte, meldeten sich nur drei Leute. Anscheinend waren die anderen nur zum Zuhören gekommen. Wir bestimmten eine Reihenfolge, ich würde der Letzte sein. Die anderen Texte wurden vorgelesen. Sie waren experimentell und hatten einige schöne Formulierungen. Insgesamt erschienen sie mir jedoch inhaltlos und gewollt ästhetisch. Zu meiner Verwunderung wurden beide Autoren von den Leuten im Stuhlkreis mit Lob überschüttet. Als ich meine Meinung sagen durfte, nannte ich ebenfalls nur positive Dinge und verschwieg meine Überzeugung, dass von zehn Menschen auf der Straße sieben die Texte nicht freiwillig gelesen hätten. In den letzten Monaten hatte ich an verschiedenen Leserunden teilgenommen. Die Art und Intensität, wie Texte kritisiert wurden, war stets unterschiedlich gewesen. Anscheinend verfolgte diese Gruppe das Ziel, die Lesenden zu bestärken. Als ich an der Reihe war, nahm ich einen Schluck Wein und las selbstsicher vor.

Es folgte eine Demütigung. Die Leute im Stuhlkreis überschlugen sich mit Kritik. Sie machten meinen Text nieder und überboten sich in ihren Verhöhnungen. Ich sagte nichts und ertrug die intellektuelle Steinigung. Sie kritisierten meine Erzählweise, meine Wahrnehmung, meinen Sinn für Literatur im Allgemeinen. Am liebsten wäre ich weggerannt. Das letzte Wort hatte ein mittelalter Mann mit Basecap und Aviator-Brille. Schon bei den ersten Texten hatte die Gruppe seinem Urteil vehement zugestimmt. Erwartungsgemäß zerschlachtete er meinen Text. Um sich selbst zu bestätigen, spickte er seinen Vortrag mit kulturellen Verweisen. Es bereitete ihm Freude, mich intellektuell zu demütigen. Für diesen Moment war er in die Buchhandlung gekommen. Er schloss sein Urteil mit den Worten:

„Hier ist nicht der richtige Ort für dich."

Die Veranstalterin ergänzte noch, wie beliebig meine Pointen gewesen seien. Danach kündigte sie eine Pause an. Die Leute gingen nach draußen. Ich wusste nicht, ob ich sie prügeln oder mich auf der Toilette ausheulen sollte. Ich hätte nach Hause gehen können, andererseits wollte ich ihnen nicht diese Genugtuung geben. Stattdessen ging ich nach draußen und redete mit der Veranstalterin und dem Basecap-Mann, als wäre nichts gewesen. Etwas an mir missbehagte ihnen. Vielleicht war es die Art, wie ich sprach oder wovon, mein Auftreten überhaupt. Als ich mir eine Marlboro anzündete, gingen sie wieder rein. Ich schmiss die Zigarette in den Schnee und folgte ihnen. Danach wurden Texte aus irgendwelchen Büchern vorgelesen. Ich blieb noch eine halbe Stunde. Bei der Verabschiedung suchte ich den Blick der Veranstalterin. Sie schaute kurz zu mir, dann eilten ihre Augen in die andere Ecke des Raumes. Ich verließ die Bibliothek, lief durch den 7. Bezirk und suchte nach etwas, das ich zerschlagen konnte. An einem Straßenpfeiler hang ein Werbeplakat. Ich schloss die Faust und ballerte mit aller Kraft dagegen. Meine Hand wurde sofort dick. Ich kühlte sie im dreckigen Schnee und rief die zwei Menschen an, welche wussten, dass ich nach Wien gegangen war, um ein leiwandes Buch zu schreiben. Ich erzählte ihnen von dem Hinterzimmer der Bibliothek und wiederholte mich so oft, bis ich Kopfschmerzen hatte. Obwohl die Kritik unverhältnismäßig gewesen war, konnte ich sie nicht einfach abtun. Ich hatte das Gefühl, mich entscheiden zu müssen: für meine Geschichten oder gegen sie. Die Angst, nicht gut genug zu sein, begleitete mich seit Jahren. Wegen ihr hatte ich die Wahrheit über mein Erasmus-Semester verschwiegen. Sie war der Grund für jenen Satz: „Ich wollte schon immer mal nach Wien. Wien ist eine schöne Stadt mit viel Kultur."

Vielleicht hatte der Basecap-Mann mit der Aviator-Brille Recht. Vielleicht war Wien nicht der richtige Ort für mich.

Nach zwei Stunden beendete ich die Telefonate. Ein paar Freunde schrieben mir, dass sie im Jazz Club seien. Ich brauchte Ablenkung und ging hin. Die Angst, nicht gut genug zu sein, blieb bei mir. Ich saß mit den Freunden am Tisch und trank Whiskey. Der Trompeter setzte zum Solo an. Alles kam mir sinnlos vor. Die Angst lehnte sich an meine Schulter. Später gingen wir zusammen ins Bett und am nächsten Morgen wachte ich neben ihr auf. Sie folgte mir zur Kaffeemaschine, auf den Balkon und an den Laptop. Sie nahm meinen Zeigefinger, öffnete das Dokument *Leiwandes Buch* und legte ihn auf die Delete-Taste. Ich sah dabei zu, wie der Courser nach rechts rauschte. Wörter, Sätze, Zeilen, Seiten verschwanden. Es war ein beruhigendes Gefühl. Ich wollte meinen Zeigefinger nicht mehr von der Taste heben. Meine Hand war noch von dem Schlag geschwollen. Irgendwann hörte ich auf, nahm den

Finger runter und holte mir ein Kühlakku aus dem Gefrier-
schrank. Auch wenn alles, was ich schrieb, scheiße war, blieb
mir nichts anderes übrig. Ich dachte an Maxim Biller, der einmal gesagt hatte, wenn er nicht schreiben könnte, würde er sich
aus dem Fenster stürzen. Obwohl mir diese Aussage pathetisch
vorkam, verstand ich, was er meinte. Ich setzte mich an den
Laptop und schrieb weiter. Der einzige Grund, welcher mir für
das Schreiben blieb, war der, dass es keinen Grund mehr gab,
es nicht zu tun.

Als die Zeit in Wien zu Ende ging, hatte ich zehn Geschichten
verfasst. Die Angst, dass sie nicht gut genug waren, kam oft
zurück. Doch sie war nie so stark wie an dem Abend in der
Buchhandlung. Bevor ich nach Dresden fuhr, stand eine letzte
Lesung an. Sie wurde von einem Literaturverein organisiert, an
dessen Schreibwerkstätten ich mehrmals teilgenommen hatte.
In diesen Runden waren meine Texte stets auf Zustimmung ge-
stoßen. Die Lesung fand in einer Bar im 9. Bezirk statt. Ich hatte
keine Erwartung. Auf dem Weg rauchte ich Zigaretten und
hörte das Lied *Regen* von BIBIZA. In ein paar Tagen würde alles
vorbei sein. Die Melancholie ergriff mich, doch ich wollte den
Abend genießen. Bei den vergangenen Auftritten war ich oft
nervös gewesen, dieses Mal nicht, was ich mir damit erklärte,
dass die größte Demütigung schon hinter mir lag. Außerdem
wusste ich, dass mein Text gut ankommen würde.

Ich ging in die Bar, bestellte einen Old Fashioned und setzte
mich zu den Leuten des Literaturvereins. Der Drink schmeckte
fantastisch, mein Hemd war faltenfrei, die Gespräche am Tisch
lebhaft. Der Raum füllte sich. Nach zwanzig Minuten eröffnete
der Moderator die Veranstaltung. Die ersten Lesenden kamen
auf die Bühne. Ich hörte gespannt zu. Ein halbes Jahr war ich
durch Wien gezogen, hatte Geschichten geschrieben und versucht, mich hier wohlzufühlen. Jetzt war es so weit, Wien hatte
mich aufgenommen. Wenn ich noch länger blieb, würde sich

eine Routine einstellen. Aber ich wollte mich in dieser Stadt nicht sicher fühlen. Wien sollte mich nur *up* oder *down* kennen. In einem ausgeglichenen Zwischenzustand konnte ich keine Geschichten schreiben. Es war Zeit, die Stadt hinter mir zu lassen. Der Moderator rief mich auf die Bühne. Ich las vor und spürte sofort, dass die Erzählung gut ankam. In den letzten Monaten hatte ich das Rezept für einen gefühlsbetonten, aufmerksamkeitsgenerierenden Text mit Wienbezug stetig verfeinert. Während ich las, lachten die Leute ab und an. Einmal lachten sie sehr laut. Ich war irritiert und las weiter. Als ich fertig war, klatschten sie lange. Ich sah in ihre heiteren Gesichter. Es war der Moment des Erfolges. Die Erleichterung hielt an, bis ich am Platz saß, Komplimente entgegennahm, den Old Fashioned austrank und meinen Text in den Ordner legte. Umso länger ich da saß, umso klarer wurde es mir:

Kein Wunder, dass das Publikum mich gut fand. Ich hatte ihnen genau das gegeben, was sie wollten. Der verzweifelte Student, zwischen Einsamkeit und Exzess taumelnd, mal Huldigungen, mal Verspottungen ihrer Stadt, dazu ein paar Zeilen aus Falco-Songs und ein bisschen Wiener Akzent, natürlich schlecht imitiert. Vielleicht hatte mich die Angst vor einer Demütigung dazu gebracht, Texte zu schreiben, die alles richtig machen wollten. Obwohl ich für den Auftritt kein Geld erhielt, hatte ich das Gefühl, mich an das Publikum zu verkaufen. Vielleicht hatte der Abend in der Buchhandlung mein Schreiben tiefer beeinflusst. Waren meine Geschichten noch ehrlich, oder suchten sie bloß die Wahrheit der anderen?

Sie sollten leiwand sein.

Also cool, gut, großartig, megacool, klasse, prima, super.

Vielleicht war das zu viel.

Ich wollte der Lesung weiter folgen, aber es blieb vergeblich. Ich sah ins Publikum und dachte daran, wie sie im letzten Absatz meines Textes sehr laut gelacht hatten. Während des Lesens war es mir seltsam vorgekommen. Jetzt wollte ich wissen, worüber sie gelachten hatten. Ich holte meinen Text aus dem Ordner, legte den Finger auf das Papier und suchte nach der Stelle. Ihr lautes Gelächter war gegen Ende erklungen, als ich über die U6 geschrieben hatte. In bürgerlichen Kreisen ist diese U-Bahn-Linie verpönt, weil dort am häufigsten betrunkene, verwirrte, aggressive Menschen anzutreffen sind. In meinem Erasmus-Semester fuhr ich täglich mit der U6. Wenn ich Leuten aus Wien davon erzählt hatte, sprachen sie mit ironischer Abneigung über die Fahrgäste. Mir war ihr Gerede stets desillusioniert und übertrieben vorgekommen. Die U6 führt von der Innenstadt über die Donau in die sozialschwachen Randbezirke. Ich verstand nicht, was cool daran war, sich über die Abgrenzung von diesen Leuten zu definieren. Nach einer Weile fand ich die Textstelle:

„Wenn sie danach noch anfingen, mir vorzujammern, wie schlimm es sei, abends mit der U6 zu fahren, hätte ich am liebsten gesagt, kommt nach Dresden, fahrt mit der Linie 13 Richtung Prohlis …"

An dieser Stelle hatte das Publikum laut gelacht, obwohl die eigentliche Pointe erst danach kam:

„… und ihr macht euch nach drei Haltestellen in die Hose."

Da hatten sie nicht mehr gelacht, sondern sich von dem vorherigen Lacher erholt.

Ich wurde wütend. Sie hatten sich über Dresden lustig gemacht, ich hatte ihnen die Vorlage geliefert. Ich wollte den Wienern aufzeigen, in welcher Blase sie lebten, aber meine Worte waren abgeprallt an ihrem Gelächter. Jetzt stand ich auf ihrer Seite. Jahrelang war diese Stadt mein Sehnsuchtsort gewesen. Anstatt mich zu freuen, zerknüllte ich den Text und stopfte ihn in den Rucksack. Ich konnte das Ende der Lesung kaum erwarten. Als der Moderator das Mikrofon nahm und sich bei allen Gästen bedankte, ging ich auf Toilette. Auf dem Weg kam mir eine Gruppe von Studierenden entgegen. Ich konnte mich an ihre Gesichter aus dem Publikum erinnern. Im Vorbeigehen lächelten sie mich an. Es waren zwei junge Frauen und ein junger Mann. Ich kannte die Art, wie sie mich ansahen. Es war diese Neugier, dieses *Sich-von-den-Worten-eines-Fremden-verstanden-fühlen.* Ich nickte ihnen zu und ging weiter. Draußen vor der Bar standen andere Leute. Wir kamen ins Gespräch, ich rauchte drei Zigaretten nacheinander, damit es wehtat. Meine letzte Literaturveranstaltung in Wien ging zu Ende. Ich wollte mich maßlos betrinken, mit fremden Menschen durch die Stadt ziehen und an einem unbekannten Ort aufwachen. Obwohl es nicht passieren würde, musste ich es versuchen und ging an die Bar, um einen Old Fashioned zu bestellen. Der Kellner erklärte mir, dass er nur noch Bier ausschenkt. Ich fragte, warum. Er sagte, weil keine Leute mehr da sind. Ich blickte mich um. Alle Tische waren leer. Das Mikrofon stand noch auf der Bühne. Ich sah lange in den Raum, dann holte ich meinen Rucksack und ging nach Hause. Als ich mit der U6 fuhr, hörte ich wieder *Regen* von BIBIZA. An der Dresdner Straße stieg ein verwirrter Mann ein. Er stolperte durch das Abteil und belästigte die anderen. Ich stand auf, ging zu ihm und sah in seine verwirrten Augen.

Ich fragte ihn, was er braucht.

Er sagte: „Heroin."

Die Möglichkeit, an einem unbekannten Ort aufzuwachen, stand vor mir. So sehr wollte ich es dann doch nicht. Er stieg an der nächsten Station aus. Zu Hause konnte ich nicht schlafen und setzte mich auf den Balkon. In meinem Zimmer standen die gepackten Koffer. Ich hatte das Gefühl, schreiben zu müssen. Als ich den Laptop aufschlug, öffnete sich der Text, welchen ich in der Bar vorgelesen hatte. Ich legte den Zeigefinger auf die Delete-Taste. Es fühlte sich gut an. Ich hatte die Entscheidung: Finger oben lassen oder runter drücken. Ich wusste, dass es nichts bringt, öffnete ein neues Dokument und fing an zu tippen:

Das Schreiben vermischt sich mit dem eigenen Leben. Wenn sie einander zu ähnlich werden, verliert man das Gefühl zu sich selbst. Wenn man sich seinen Erlebnissen bedient, um daraus Erzählungen zu machen, richtet sich die Wahrnehmung auf Geschehnisse, welche das Potenzial für eine Geschichte haben. Wie verändert sich das Leben, wenn es darauf ausgerichtet ist, erzählt zu werden? Es kann glücklich machen. Oder man wird zum Sklaven der eigenen Pointen. In einem Moment erstrahlt alles vor Bedeutung, im nächsten ist es die bloße Täuschung.

Ich speicherte das Dokument und schlug den Laptop zu. Es gab nichts mehr zu sagen, nichts mehr zu schreiben über diese große schöne Stadt. Ich ging schlafen, wachte auf, ging schlafen, wachte auf. Dann war er da, mein letzter Tag in Wien. Ich setzte mich an den Laptop und wollte die eine wahre Erzählung schreiben. Sie sollte mit meiner Ankunft in Dresden enden.

Als ich am nächsten Morgen aufwachte, strahlte der Himmel in endlosem Blau. Mein Vater klingelte an der Tür. Er war gekommen, um mich abzuholen. Ich sah seinen silbernen Ford vor der Haustür stehen. Wir trugen meine Sachen hinunter, tranken Kaffee und fuhren los. Die Straße führte über die Donau. Wir bogen auf die Autobahn. Ich sah in den Rückspiegel, wo die hohen Bürotürme immer kleiner wurden. Mein Vater hupte, weil ein Lkw die Spur kreuzte. Nach zwei Stunden hielten wir an der Tankstelle. Mein Vater rauchte am Auto, ich holte Kaffee und Riegel. Als wir wieder auf die Autobahn fuhren, fragte mein Vater, ob ich zufrieden bin. Ich sah aus dem Fenster, nickte und aß alle Riegel hintereinander. Hinter der tschechischen Grenze wurde ich müde. Ich lehnte mich in das Sitzpolster und dachte an die zehn Geschichten, welche auf meinem Laptop im Kofferraum lagen. Vielleicht hätte ich alles anders erlebt, wenn ich nie darüber geschrieben hätte. Ich stellte mir vor, wie wir in einen Unfall geraten, wie mein Vater und ich aus dem Auto kriechen und wegrennen, während es in Flammen aufgeht. Mein Laptop würde im Kofferraum verbrennen und alle Geschichten mit ihm. Wenn es sie nicht geben würde, müsste ich wieder zurück. In die große, schöne Stadt.

Als ich wieder aufwachte, war es dunkel. Die Rücklichter der Autos zogen vorbei. Auf den Straßenschildern stand Brünn, später Prag und irgendwann Dresden. Mein Vater sah mit festem Blick auf die Straße. Ich wurde aufgeregt, umso näher wir kamen. Dann fing mein Kopf an nach Wörtern zu suchen. Wörter für den Himmel. Wörter für das Gesicht meines Vaters, Wörter für meine Stimmung, Wörter für die letzte Tankstelle an der Autobahn, für die Farbe des Sonnenuntergangs, Wörter für eine Erinnerung. Ich wollte mich davon abhalten, um bei der Wahrheit zu bleiben. Es war nicht nötig. Jedes Wort und jede Beschreibung für das, was ich sah, fühlte sich falsch an. Wir fuhren über die Pirnaische Landstraße durch Kleinzschachwitz. In Laubegast sah ich die Elbe. Wir bogen Richtung Striesen ab. Mein Vater parkte den Ford vor dem mintgrünen Altbau. Ich sah nach oben zu meinem Zimmerfenster. Wir stiegen aus und schleppten die Sachen hinauf. Dann standen wir in meinem Zimmer. Ich drehte die Heizung auf. Mein Vater umarmte mich, sagte auf Wiedersehen und schloss die Tür hinter sich. Ich stand ein paar Minuten nur da, dann ging ich in die Küche und trank ein Glas Wasser.

Mein Mitbewohner kam herein. Wir hatten seit sechs Monaten nicht miteinander geredet. Er fragte:

„Wie war es in Wien?"

Ich sagte ihm die Wahrheit, auch wenn er sie nicht verstehen würde:

„Leiwand."

Er sah mich verwirrt an.

Ich lachte, ging in mein Zimmer und schrieb die letzte, wahre Erzählung zu Ende.

EPILOG

Es ist Sommer geworden. Er steht in seinem Zimmer, packt das Notizbuch in den Rucksack und geht nach draußen. Die Sonne steht einsam am Himmel. Im Park kreischen die Kinder, der Eiswagen klingelt, das Leben blüht. Er läuft über die Straße und denkt an den Winter in Wien. Seitdem ist viel Zeit vergangen. Alles hat sich verändert.

Er folgt der Straße bis zum Kreisel. Dort liegt das schönste Café der Stadt. An den Tischen sitzen Menschen mit Sonnenbrillen. Sie essen Croissants und Torte. Er hat vergessen, wann er das letzte Mal hier war. Auf den Winter in Wien folgte ein ruheloser Frühling. Seitdem die Linden blühten, wollte er das Café wieder besuchen, jetzt ist er endlich da.

Er setzt sich an einen Tisch und bestellt Kaffee. Neben ihm sitzt eine ältere Dame. Sie raucht und wartet. Er will sie nach einer Zigarette fragen. Seit der Wiederkehr aus Wien hat er nicht mehr geraucht. Die Dame erhebt sich, drückt ihre Zigarette aus und geht davon. Es ist besser so, denkt er. Der Kaffee schmeckt fantastisch. Er trinkt die halbe Tasse und holt das Notizbuch aus dem Rucksack. Es ist neu, schwarzer Ledereinband, DIN A5 mit Lesezeichen. Ein neues Notizbuch für einen neuen Abschnitt, denkt er, starrt auf die erste Seite und wendet sich ab. Neben dem Café liegt ein kleiner Park mit hohen Kiefern. Sie werfen ihre Schatten auf die Tische, berühren das Papier.

Er setzt den Bleistift auf und zeichnet sie ihre Konturen. Die Worte wollen nicht kommen. Er hebt den Blick und senkt ihn wieder, das könnte ewig so gehen.

Dann sieht er ein Cabrio heranfahren. Es parkt am Kreisel. Eine Familie steigt aus. Die Mutter, der Vater und zwei Söhne, sie könnten in der dritten oder vierten Klasse sein. Die Familie sucht nach einem Tisch und nehmen dort Platz, wo die Dame saß. Die Eltern bestellen Espresso, die Kinder bekommen Eiscreme. Er legt seinen Bleistift weg und beobachtet die Familie. Sie reden über das Fußballspiel der Söhne. Der Vater lobt die beiden und sagt *gleich kommt euer Gewinnereis*. Dann streichelt er ihre Köpfe. Die Kellnerin bringt zwei große Becher. Als die Eltern ihren Espresso trinken, sind die Söhne schon mit Sahne verschmiert. Sie sehen glücklich aus. Der Vater nimmt die Mutter in den Arm. Die Söhne streiten, wer mehr Tore geschossen hat. Er sitzt daneben und schreibt in sein Notizbuch. Der Wind treibt durch die Kiefern. Die Kellnerin fragt, ob er noch etwas bestellen möchte. Er schüttelt den Kopf und bezahlt. Der Vater, die Mutter, die Söhne, alle sagen:

„Auf Wiedersehen."

Am Kreisel steht ihr Cabrio. Er geht daran vorbei, streift es mit der Hand und will es nie wieder sehen.

Hinter der Kreuzung schlägt er den Weg zum Zeitungsladen ein. Die Sonne ist rot geworden. Er holt die Kopfhörer aus dem Rucksack und setzt sie auf die Ohren. Es ist für einen Moment still, dann fängt ein Klavier an zu spielen.

Diese Melodie.

Es ist die *Träumerei* von Schuhmann.

Er läuft über die Straße und hört das Lied wieder und wieder. Als er die Augen schließt, sieht er *sein* Fenster. Hinter dem Fenster ist das Feld, über dem Feld ist die Nacht, die endlose Nacht. Er macht die Augen wieder, stoppt das Klavierstück und geht weiter zum Zeitungsladen. Der Verkäufer grüßt freundlich. Er kauft eine Zeitung und eine Packung Zigaretten.

Als er aus dem Laden geht, ist der Himmel dunkel geworden. Er zündet sich eine Zigarette an. Auf der Straße fahren die Autos vorbei. Er sieht ihnen hinterher, wie sie ankommen und verschwinden. Er wartet auf das Cabrio und raucht, bis der Mond aufgeht. Die Autos werden weniger.

Irgendwann sagt er zu sich selbst:

„Noch drei."

Ein Auto kommt.

Nicht das Cabrio.

„Noch zwei."

Ein Auto kommt.

Wieder nicht das Cabrio.

„Noch eins", sagt er.

Es kommt sehr lange kein Auto.

Er raucht die Zigarette fertig, holt das Notizbuch aus dem Rucksack und schmeißt es in den Mülleimer.

In der Ferne kommt ein Wagen angefahren. Er wird von den Scheinwerfern geblendet und schließt die Augen. Das Auto fährt vorbei und verschwindet in der Nacht. Er hat das Cabrio nicht gesehen.

Der Junge schon.